# 淫猥なランプ

Kazuya Nakahara
中原一也

CHARADE BUNKO

Illustration

立石涼

CONTENTS

# 1

「ちょっと、そこの若いの」

高架線のところから、怪しげな占い師が手招きをしていた。

躰《からだ》がすっぽり隠れるマントのような紫の衣装に身を包み、フードを被《かぶ》っている。手には大きな指輪と腕輪が光っており、真っ黒のマニキュアを塗った爪《つめ》は魔女のようだ。小さなテーブルの中央には、いかにもといった感じの水晶らしい丸い玉。机の隅には細かい模様の入った木箱やエジプトのものらしき金色のランプも置いてあった。

午後九時を過ぎたばかりだが人気はなく、薄暗い光しかないその場所は殺人事件でも起きそうな雰囲気だ。若い女性なら、足早に立ち去るところだろう。男でもあまり長居したいとは思わない。通勤で毎日通る場所だが、占い師がいるせいか今日はいつにも増して怪しげな雰囲気が漂っている。

猪瀬《いのせ》匡《たすく》は、周りを見渡して自分しかいないことを確認した。

「俺ですか?」

「そうじゃ。お前さんじゃ」

占い師は、『こっちにおいで』とばかりに、ゆっくりと手を動かしてみせた。フードで顔はよく見えないが、声や皺《しわ》だらけの痩《や》せた手からかなりの老婆だとわかる。

「ほれほれ、早《はよ》う」

占いには興味なかったが、いつもぼんやりとしている匡は深く考えもせず、老婆のところへ向かった。目の前に立つと座るよう促され、言われるまま椅子《いす》に腰を下ろす。

「お前さん、何やら特別な気を放っておる。こんな男は初めてじゃ。どれどれ、タダでお前さんの運勢を占ってやろう」

「はぁ……」

自分が特別だと思ったことはなかったが、老婆が目を閉じて目の前の水晶らしき丸い玉に手をかざして呪文《じゆもん》を唱え始めると、黙ってそれにつき合うことにした。

猪瀬匡は、しがないサラリーマンだ。歳《とし》は二十七歳。ガーデニング専門の輸入雑貨を全国のフラワーショップやホームセンター、ガーデニング専門店に卸している会社で、営業として働いている。

テラコッタ製の鉢やオーナメント類、アンティークレンガなど、海外から買いつけられてくるさまざまな商品を各店舗の担当に紹介し、注文を取ってくるのが主な仕事だ。割引する代わりに、フェアの企画を提案して特設コーナーを作ってもらうなどの交渉もする。

身長は平均より少し高いくらいで、ひょろひょろと細く、整った顔立ちをしている。

奥二重の目は大きすぎず、白目の部分は青みがかって見えるほど白が引き立っていて黒目もちょうどいい大きさだ。鼻は平均的な高さで、唇も厚すぎず薄すぎず、上品な口許《くちもと》をしている。

目立つ顔立ちとは言えないが、全体的なバランスが圧倒的によかった。控えめながらも、品のよさが感じられる。視力が悪いため、どこか目の焦点が合っていないような視線も、見る者からすれば色気に感じることだろう。

だが、持って生まれた性格は、世の中を上手く渡っていくには少々問題があった。

いつも昼行灯《ひるあんどん》のようにぼんやりとしており、世間の荒波に呑《の》まれてあっさり溺《おぼ》れるタイプだ。おまけに海でもプールでも浮き輪なしなら間違いなく溺れるという、正真正銘のカナヅチでもあった。

また、服装には頓着せず、髪の毛も自分でカットしているためもっさりとした印象で、よく寝癖をつけたまま出勤してしまう。さらに度の強い黒縁のメガネは、何年も替えておらず度が合っていなかった。おかげですぐに躓《つまず》くし、ぶつかる。周りの人間に匡を一言で表現しろと言えば、『鈍臭い』という言葉が返ってくるだろう。

自分に金をかけないため、せっかくの整った容姿が宝の持ち腐れになっているのは間違いなかった。洋服は何年も同じものを大事に着るのが当然で、センスを疑う土産物《みやげ》のシャツでも平気で着るものだから、女性にモテないのも仕方がない。

倹約家と言えば聞こえはいいが、センスもなければ物欲もなく、性欲も少なく、出世欲にいたっては微塵《みじん》もないという、ないないないのない尽くし。稼ぎも少ないとなれば、結婚相手としても見てもらえない。

草食系なんて言葉もあるが、匡はそれを通り越して植物そのものだ。平和な日々や平穏、穏やかな日常を何よりも大事にしており、隠居した老人と言っても過言ではない。

「お前さん、悪い相が出ておるぞ」

ぼんやりと老婆の呪文につき合っているうちに明日の朝食について考えていた匡は、その言葉に我に返った。

「そうなんですか」

「お前さん、仕事が上手くいっておらんじゃろ」

「そうでしょうか。それなりに上手くやってると思うんですけど」

「バリバリ働いておるというのか？　稼ぎもいいと？」

「そう言われると違うんですけど」

「そうじゃろそうじゃろ」

匡は素直に頷《うなず》いた。

昔からマイペースの匡は、性格的に営業に向いているとは言えない。ノルマはないが、店の担当者に強引な割引を求められることも多く、交渉はいつも押され気味だ。それどころか、営業先に居合わせた保険外交員に迫られ、不必要な保険に入らされる始末。それを知った上司が交渉してくれたためいくつかは解約できたものの、独身男性としては入りすぎだ。

そう告白すると、老婆はわかっているとばかりに何度も頷いてみせる。

「お前さんからはそんな気が漂っておる。お前さん、本当ならもっと出世しておるはずなんじゃが、取り憑《つ》いておる悪霊のせいで運を逃しておるんじゃ。出世したければ、わしの言うことを聞いたほうがいい」

「え、出世ですか?」

「したいじゃろ」

当然のように聞いてくる老婆だが、答えは『ノー』だ。匡にそんな野望を抱く気力があれば、この若さで昼行灯にはならない。

「いいえ、したくないです。むしろ早く老後を迎えたいというか……。ゆっくり仕事をして細々生きていければ……」

「出世しとうないじゃと?」

「はい。穏やかな人生を送ることができたらいいです」

「し、しかしじゃ。お前さんにはもともと類《たぐ》い希《まれ》なる金運があると出ておる。その悪霊が邪魔しておるんじゃ。宝くじなんぞ買ってみぃ。お前さんほどの金運があれば億万長者じゃ。女にもモテるぞ。よりどりみどり、選び放題じゃ」

魅力的な未来が待っているとばかりに力説されるが、それも匡の興味を引くものではなかった。

「でも、高額当選した人って不幸になる人多いですよね。あんまりお金持つのも俺はどうかと思うんです。俺なんか大金持ちになっても使い道ないし、女の人も面倒というか、俺には理解できない生き物というか……」

あまりに欲望がなさすぎて、呆《あき》れているようだ。せっかく無料で見てくれているのに、こんな自分で申し訳ないなんて気持ちになる。

「じゃがお前さん、今のままじゃあ悪霊に取り殺されるぞ。必ず不幸が訪れる」

「不幸、ですか」

「そうじゃ。不幸にはなりたくないじゃろ」

「それはそうですけど」

「どれどれ」

老婆は再び目の前に置いていた水晶に両手をかざし、呪文を唱え始めた。しばらくすると眉間《みけん》の皺がみるみるうちに深くなり、顔をしかめて何やら唸《うな》り始める。呼吸も荒くなり、発作でも起こしているのかと思うほど苦しげな表情だ。

「むむっ、むむぅ！　見えてきたぞ！　大量の水が見えてきたぞ」

「え」

「お前さんには、水難の相が出ておるんじゃ」

「水難……。つまり……溺れるとか、そういうことですか」

「そうじゃ！　お前さん、悪霊を取り除かんことには、借金こさえてヤクザに生きたまま海に沈められるやもしれれん。それでもいいのか？」

その言葉には、さすがに危機感を覚える。

匡は子供の頃から水が苦手で、まったく泳げないのだ。それどころか顔をつけることも駄目で、浮く練習から始めようとしても怖くて息が続かずすぐに水から顔を出してしまって練習にならない。それだけではなく、顔を洗う時も思いきり息を吸い込んで止めてから水を顔にかけるという、かなり気合いの入った洗い方をするのだ。

子供の頃に溺れた経験があるわけではないのに、なぜこんなに水が苦手なのか自分でもわからない。そんな匡にとって、生きたまま沈められるなんて一番嫌な死に方に他ならない。

「どうした？　何か思い当たることでもあるのか？」

「実は……」

匡は、そのことを素直に告白した。すると、老婆はカッと目を見開いて両手をテーブルにつき、身を乗り出す。弾みでテーブルの上に置かれていた金色のランプが転がり落ちて、匡の膝《ひざ》に乗った。

「それじゃ！　それは悪霊の影響なんじゃ。おそらく水難の性質がある悪霊なんじゃ。今はまだいいが、そのうち酷《ひど》いことが起きる。悪霊を追い払わんと、お前さんは土左衛門《どざえもん》の運命を辿《たど》るぞ」

「それは……困ります」

言いながらランプを戻すが、老婆はそれを摑《つか》むと匡の顔の前に差し出してみせた。

「今、これがお前さんの膝の上に落ちたのは偶然ではない。お前さんを助けるために引き寄せられたのじゃ。この魔除《まよ》けのランプが、お前さんに取り憑いた悪霊を取り除いてくれるじゃろ」

「このランプが、ですか……」

匡は両手でメガネのフレームに軽く触れて上下に動かし、その位置を正した。そして、目の前に差し出されたランプをじっと見る。物をよく見ようとする時や動揺した時に出る癖だ。こういう仕種《しぐさ》も、見る者に匡の鈍臭さを感じさせる。

金メッキだろうか。装飾は細かく、宝石らしきものもついているが、あまり価値があるようには見えなかった。しかも、こういう時に勧められるのは壺《つぼ》やパワーストーンなどと相場が決まっている。魔除けのランプなんて聞いたことがない。

「でも……」

「効き目はわしが保証する。これを毎日磨いて、ぴかぴかにするんじゃ。輝きを取り戻すとともに、お前さんに取り憑いた悪霊の力も弱くなる。泳げるようにもなるぞ。ただし、傷つけてはいかん。優しく撫《な》でるように磨くのじゃぞ。積み重ねというやつじゃ。努力の積み重ねが、お前さんの運を切り開く。今日は大負けに負けて一万円で譲ってやろう」

「え、一万円？」

匡は怯《ひる》んだ。給料日前の一万円の出費はかなり痛い。しかも、本当に効果があるのかわからないものに即座に払えるほど、懐は潤っていないのだ。

「高くないですか」

「何をぉ！　これほどの品で効き目もばっちりじゃというのに、高いじゃと⁉　お前さんはなんという罰被りもんじゃ！」

「でも俺、安月給ですし」

「これを磨いて運を身につければ幸せになるんじゃぞ！　こげな罰被り、ご先祖様も嘆いておられるぞ」

「あの……えっと、なんていうか……、……また来ます」

わめき散らす老婆の声がうるさくて、匡は椅子から立ち上がった。逃げるように立ち去ろうとするが、スーツの裾《すそ》を摑まれて立ち止まる。

「待てい！　いらん言うて、その手に持っておるじゃろうが！」

「え……」

老婆に指されて手元を見ると、しっかりとランプが握られていた。盗《と》るつもりなんてなかったのに、圧倒されるあまり手に持ったまま逃げようとしてしまったようだ。慌ててテーブルに戻して立ち去ることにする。

「あ。すみません、お返しします。じゃあ」

「待て待てい！　逃げようたってそうはいかん！　わしの話を……っ」

老婆はテーブルを回り込んで道路に出てこようとしたが、衣装のマントを自分で踏んづけてしまい、派手に転んだ。テーブルが倒れ、勢い余ってランプが匡の足元まで転がってくる。

さすがに転んだ老人を放って逃げることはできず、匡はランプを拾うと老婆のもとへ戻った。

「大丈夫ですか？」

「あたたたた……。膝を擦り剝《む》いてしもうた。……ん？　お前さん、やはりランプが欲しいんじゃろ」

老婆の指差した先には、しっかりとランプを握った匡の手がある。

「今転がってきたから拾っただけです」

「いや、わしにはわかる。お前さんがランプを欲しがる気持ちが、わしを躓かせてランプを引き寄せたのじゃ」

「またそんなデタラメを」

「いやいや。そういう不思議なことは世の中にあるんじゃぞ」

「そんなもんですか」

「そんなもんじゃ」

「う〜ん」

「物はな、持ち主を選ぶこともあるんじゃよ。運命には逆らわんほうがいい」

言葉巧みに言われると、次第にそうかもしれないなんて気になってくるのが匡の悪いところだった。保険外交員にそそのかされて、無駄な保険に入る時と同じだ。素直と言えば聞こえはいいが、二十七歳の大人の男だ。他人の言うことに影響されすぎだと言うべきだろう。

だが、本人はまったく気づいておらず、これも何かの巡り合わせだなんて自分を納得させると、老婆を立たせて椅子に座らせ、倒れたテーブルを元に戻した。散乱していたものも、きちんと集めてテーブルの上に置く。

「じゃあ、一万円で」

「いい判断じゃ。こういうことに金を出し惜しみしちゃいかん。毎日磨くんじゃぞ」

「はい。わかりました。それじゃあ俺はこれで」

匡は一万円とランプを交換すると軽くお辞儀をし、自分の鞄《かばん》とランプを持って家路についた。

「……買ってしまった」

古びてくすんだランプを持ち帰った匡は、マンションの玄関を潜《くぐ》るなり溜《た》め息《いき》をついた。

廊下の途中に小さな台所とトイレとバスルームがあり、一番奥に部屋がある。そう広くはないが、安月給の独身男性には十分だ。

無料で占ってやると言われて椅子に座ったのが、運の尽きと言うべきか。給料前の一万円の出費は正直痛かった。だが、不思議と後悔はしていない。

匡は残り物で夕飯を済ませると、シャワーを浴びてパジャマに着替えた。髪の毛をざっとタオルで乾かしてから、メガネを装着し、買ってきたランプをちゃぶ台の上に置いて観察する。

ランプの形状は悪くなかった。口の部分は長くせり出しており、取っ手は細く美しい流線型になっている。装飾が細かで、手が込んでいるようだ。

アラブの王様が持っていそうなランプは、磨けばそれなりに美しくなるかもしれない。

「とりあえず、磨いてみよう」

匡は、おろしたばかりのタオルを持ってきて、ランプを磨き始めた。すると、みるみるうちにくすみはなくなっていき、輝き始める。メッキかと思っていたが、もしかしたらそうでないのかもしれない。ずっしりと重いのも、納得がいく。

「これ、純金じゃないかな。そうだったら返しに行かないと。明日もいるかな」

無理やり買わされたというのに、老婆がその価値を知らずに売ったのなら返却しなければ、なんて思うところが匡らしい。馬鹿正直なところは、昔からだ。

その時、ランプがブルブルと震え出し、口の部分から白い煙が出てきた。

「わっ」

何が起きているのかまったくわからず、両手でランプを持ったまま呆然《ぼうぜん》としていると、煙はあっという間に人一人包んでしまうほどになる。どうしようと考えていたが、匡が行動に移す前に、煙は広がって少しずつ薄くなっていった。

ホッと安堵《あんど》するが、それも束《つか》の間《ま》。

匡は目の前に現れたものを見て、ぽかんと口を開けた。

「あ……」

惚《ほう》けるとはまさにこのことだ。いつも惚けているが、いつにも増して惚けてしまう。

目の前には、無精髭《ぶしょうひげ》のワイルドなオヤジが立っていたのだ。どう考えても、ランプの中から出てきたとしか思えない。夢か幻かわからず、ずれたメガネの位置を正すことすら忘れて正座をしたままじっと男を見上げた。

「あー、やっと出られた。千年ぶりかぁ?」

男は髪の毛をぐしゃぐしゃとかき回すようにして頭を掻《か》くと、うんざりとした口調で言い、部屋を見回しながら溜め息をつく。

（しゃ、しゃべった）

歳は四十代前半だろうか。上半身裸で、褐色の素肌にジャラジャラした金の首飾りや腕輪など、ゴージャスな装飾品を身につけている。青い宝石は、おそらくラピスラズリだろう。以前、大エジプト展へ行った時に見た、どこかの王様の遺品として発掘されたものによく似ている。

あれが全部本物なら、かなりの値打ちだ。しかも、立派なのは衣装だけではない。

男は目鼻立ちがはっきりとしており、精悍《せいかん》な顔立ちをしていた。鋭い目はまるで猛禽類《もうきんるい》のそれで、眉毛《まゆげ》は太く、鼻は高くて立派だ。唇も分厚くて、一つ一つのパーツがはっきりしている。髪の毛は真っ黒で、揉《も》み上げから顎《あご》にかけてのラインには男臭さが滲《にじ》み出ていた。あの辺りからフェロモンが出ているに違いない。無精髭も魅力の一つになっていて、むせ返るほどの男の色香を感じずにはいられなかった。骨密度の高そうな鎖骨の出っ張りや筋肉の凹《おう》凸《とつ》によって生まれる陰影も然《しか》り。

褐色の肌と盛り上がった筋肉はまさに芸術的で、宝飾品を身につけるにふさわしく思えた。あれほどの肉体美だからこそ、金や宝石がより映えて見えるのだ。

美しくも気高い野生の獣という印象が、全体から漂っている。

これまで一度も接したことのないようなフェロモンむんむんのゴージャスな衣装のオヤジ

に圧倒されていると、男はようやく匡の存在に気づいた。

「ん……？」

見下ろされ、心臓が大きく跳ねる。

まるでエジプトの神に見下ろされているような気分だ。いや、ランプの中から出てきたのだから、この場合はランプの精と思うべきだろう。

「俺を呼んだのはお前か？」

「えーっと……どちら様ですか」

「オヤジンナポッポレーノフェロモンダプンプンキンニクモムッキムキーダキファーフ様だ」

「オヤジンナ……フェロモン……？　……えっと……」

「キファーフだよ、この昼行灯」

じゅげむじゅげむみたいな名前だと思いながら、匡はずれたメガネの位置を正し、視線を徐々に下へ移動させた。少ない布で覆われている腰もベルトのようなゴールドの宝飾品で飾られているが、妙に盛り上がっている部分がある。

腰に剣でも差しているのかと思っていたが、どうやら勃起《ぼっき》しているようなのだ。

(朝勃《あさだ》ちみたいなもんかな)

勃起していることを指摘していいものか迷っていると、匡が股間《こかん》を見ていることに気づいたランプの精と目が合う。

「ああ、これか？　お前、今俺の股間を擦《こす》っただろうが」

「いえ、俺はランプを撫でただけで……」

「お前が擦ったところに、ちょうど俺の股間があったんだよ」

なるほど、朝勃ちではないのか。男の手で勃起させられるなんて、さぞかし嫌だっただろうと反省する。けれども、わざとではない。

「すみません。知らなかったものですから」

「知らなかったで済むか。千年ぶりに俺の大砲に点火しやがって。責任を取ってもらうぞ」

「え……？」

ランプの精がゆっくりと近づいてくるのを、匡は無防備にもただ見ていた。すぐ目の前に立たれ、股間のモノの大きさを見せつけられる。

（パンツ……穿《は》いてない）

めくれ上がった布地の下がノーパンだということは、正座したままの匡からはよく見えた。サイズを褒めたほうがいいのかなんて、少しずれたことを考えてしまうのは匡が匡たる所《ゆ》以《えん》だ。自分が今どんな状況に置かれているのかなんて、まったくわかっていない。

そして、悠長に構えている間に逃げ場は奪われてしまう。

「あの……何をするんですか？」

気がつけば押し倒され、のしかかられていた。身動きできなかったのは、何も無理やり手足を押さえられていたからではない。ここまでされても、まだ自分の身にどんな危険が迫っているのかわかっていないのだ。

しかも、部屋の明かりを背に自分を見下ろすランプの精に見惚《みと》れてしまっていた。

逆光のため顔に影ができており、見下ろされているという実感をより強く抱かされ、二人の立場の違いを見せつけられたような気持ちになる。

人の上に立つべき人間と、跪《ひざまず》くことしかできない人間のような違いだ。

また、獲物を捕まえた獣のごとく舌なめずりをする仕種は、まさに『悪い男』という感じがして目が離せなかった。ただ真面目《まじめ》に生きてきた匡とは正反対のタイプで、自分にはない魅力を持つキファーフの色香に引き込まれる。

これまで自然現象や絵画など、いろいろな美しいものに出会ってきたが、今匡が感じているのはそのどれとも違う。もちろん、美しい女性を見た時に抱くのとも異なるものだった。

自分の奥底にある何かが反応しているかのように、強く魅《ひ》かれる。

「ランプの中から出られたのは千年ぶりだ。たまってるんだよ。女じゃねぇところは我慢してやる」

パジャマの下に忍び込んできた手に脇腹《わきばら》をそろりと撫でられ、ビクリとなった。

「我慢って……ちょっと……、あの……何……、……ぁ」

「一発デカいのを撃ち込んでやるって言ってるんだ。喜べ。千年ぶんたまりにたまって煮えたぎった俺の熱いポタージュだ。下の口に注ぎ込んでやる」

信じられない言葉だった。耳許で囁《ささや》かれる艶《つや》のある低い声は、あまりにも魅力的だ。唇を耳に近づけられたため、熱い吐息がかかってぞくりとする。また、キファーフの首飾りがジャラ……、と小さく音を立てて匡の首元に乗った。

その重みからイミテーションではなく、本物の金や宝石でできているとわかる。

「それとも、キャンディみたいに上のお口でしゃぶってみるか？」

まるでAVの男性俳優が口にするような下品な台詞《せりふ》に、とんでもない男を部屋に上げてしまったと、ようやく危機感を抱いた。

身につけているものや漂う雰囲気から高貴な存在かと思っていたが、言っていることは場末の酒場にいるただのオヤジと同じだ。キファーフと名乗ったこのオヤジは、とんでもない悪党なのかもしれない。

「あの……すみません、ちょっと……キファーフさ……、でしたよね、——ぁ……っ！」

肌の上を這《は》い回る手に、匡はつい掠《かす》れた声をあげてしまった。

（今……、……俺の……、声……？）

キファーフのほうもまさかこんな反応が返ってくるとは思っていなかったらしく、一瞬意外そうな顔をしてから、気分をよくしたようにニヤリと笑って行為を続ける。それがまた恥ずかしくて、匡は戸惑わずにはいられなかった。

「ぁ……っ。……はぁ……っ」

男になんてまったく興味はなかったはずなのに、なぜ嫌悪感を抱かないのか不思議でならないのだが、理由を探すどころの話ではない。しかも、触れてくる手はいとも簡単に匡の中に隠れている小さな欲望を次々と見つけ出していく。

「……あの……、あの……っ、待……、はぁ……っ、……ぁあ……、……待……っ」

「そんな反応されて待てるか。観念しろ」

匡は、きつく目を閉じた。逃げることも、助けを呼ぶこともできない。

普段はどんなに昼行灯でも、さすがに完全に枯れてしまったわけではなかったようだ。むしろ、普段こういった行為から縁遠くなっているぶん躰は敏感になり、いったん火をつけられると、自分でも信じられないほど欲深い部分が露呈してしまう。

（なんだ……これ……）

息が上がって苦しくなるが、それはどこか快楽にも似ていた。マゾヒスティックな気持ちになってきて、もっと追いつめて欲しくなる。

「ぁあっ、……はぁ……、……んぁ……」

「いい反応じゃねぇか。俺の股間もいい感じに熱くなってきやがった」

腰を押しつけられ、太股《ふともも》に当たる屹立《きつりつ》の硬さにますます危機感を覚えた。人の血を啜《すす》りたがる妖刀《ようとう》が青白い光を放つように、凶暴な腰の剣は獲物を前に透明な滴を滴らせている。

いつでも貫く準備はできていると言いたげだ。

「あの……、……そ……それ……、挿《い》れるん、ですか……？」

今さら何を言うのかと自分でも思ったが、聞かずにはいられない。

「当たり前だ。覚悟しろよ。俺のはぶっといぞ」

「ぁ……っ、……待……っ、……無理、です……、そんなに……大きいのは……、……ぁ……、は、入りません」

「大きいなんて嬉《うれ》しいこと言ってくれるじゃねぇか。大丈夫だよ、優しくしてやるから。それに、無理って顔じゃねぇぞ。本当はこいつに興味があるんじゃねぇのか？　え？」

グイ、と押しつけられ、その言葉がまんざら的外れでないような気がしてきた。この先に待っているものがどんなものなのか、知りたいのかもしれない。

「こいつをあそこに挿れてみたいだろう。漏らすほど気持ちいいぞ」

耳を塞《ふさ》ぎたくなるような台詞だが、艶のある低い声で言われるとエロティックに感じてしまい、未知のものに対する興味はますます深くなる。

「こっちも感度がよさそうだ」

「あ！」

いきなりパジャマをたくし上げられ、胸の突起に吸いつかれた。身を捩《よじ》って愛撫《あいぶ》から逃れようとするが、舌で包むように刺激されるとそこは悦《よろこ》び、無意識に胸を突き出してしまう。

「あ、あ、あっ、――んっ！」

あまりに甘ったるい声に耐え切れなくなり、自分の手の指を噛《か》んで声を押し殺そうとした。

けれどもそれが逆に悪かったようで、鼻にかかった声は次々と漏れ出てしまう。

（なんだ……これ……、……なんだ……）

その反応に気をよくしたのか、愛撫はよりねっとりと、匡を狂わせていった。

「はっ、あっ、……んぁあ」

転がし、ついばみ、押しつぶしてはまた転がされる。刺激されているうちに胸の突起はより敏感になり、少しの刺激にすら感じるようになってしまっていた。

尖《とが》った姿は、匡の本音を吐露しているようだ。唾液《だえき》で濡《ぬ》れて赤く充血しているのも、もっと舐《な》めてくれとせがんでいるようにしか見えない。

「ちゃんと面ぁ見せてみろ」

メガネを外され、より羞恥《しゅうち》は大きくなった。風呂《ふろ》と寝る時以外はいつもつけている匡にとって、ダイレクトに心を覗《のぞ》かれているのと変わらない。

しかも、この状況下だ。

普段隠しているものを見られ、裸にされるのと似た恥ずかしさを感じた。

「なんだ、ただの昼行灯かと思ったが、なかなかいい面しててんじゃねぇか。お前、ベッドで豹変《ひょうへん》するタイプなのかもな」

「ぁ……、……はぁ、……ぁあっ、……た、た、た、助けてくださ……」

「いいぞ、助けてやる。ちゃんと達かせてやるから、安心しろ」

「ぁあっ！」

パジャマのズボンは、いとも簡単にひん剝かれてしまった。パンツもあっさりと剝《は》ぎ取られて放られる。下半身は何も身につけず、上半身は胸の突起が露出するまでたくし上げられて、あられもない格好になっていた。

「俺のはデカいからな。ケガぁしねぇように、ちゃんとほぐしてやる」

突然、キファーフの手に小さな小瓶が出てきた。信じられないが、魔法を使ったのだ。この状況に戸惑うあまり、相手が何者なのかということを忘れかけていた。

自分を喰《く》らおうとしている相手は、人間ではない。キファーフは、本当にランプの精なのだ。

人ならぬ者に自分は組み敷かれている——その思いは、男同士で繋《つな》がる禁忌以上のものを匡に感じさせた。

どうなってしまうのだろう。

自分はいったいどうなってしまうのだろう。

そんな戸惑いの中で、さらに溺れていく。

「こいつでお前の尻の穴をトロトロにしてやる。挿れるのは、それからだ」

無理やりこんな行為に及んでいるというのに、躰が傷つかないよう配慮するキファーフに優しさの片鱗《へんりん》を見つけ、躰はいっそう熱くなった。けれども、いざ指が侵入してくると男同士で繋がることがそう簡単でないと思い知らされる。

「ぁ……っく、……ぁあ……っ、……ぅ……っく」

あまりの異物感に、匡は眉をひそめた。苦しくて、このまま自分は死んでしまうのではないかと思ってしまう。

「力抜け。力抜いて、後ろで呑み込もうとしろ。そうすりゃ楽になる」

「……はぁ……っ、……む、……無理、です……」

「無理なもんか。ほら、優しくしてやるっつってんだろうが。信用しろ」

こんなことをしておきながら信用も何もないだろうが、少しでも楽になりたくて、匡は言われた通り躰から力を抜く努力をした。酷いことはされないと信じて、少しずつ躰をキファーフにあずける。

「そうだ。上手じゃねぇか」

「ぁ……、……っく、……はぁ」

次第に、異物感が別のものへと変わっていった。圧迫感から疼《うず》きへ、そしてそれはもどかしさへと繋がっていく。

「んぁ……っ」

体温で温まったからか、謎《なぞ》の液体は濃厚なダマスクの香りがした。それに包まれていると、この色気のないマンションのラグも天蓋《てんがい》つきベッドのように思えてくる。二人しかいない部屋全部が、王室の中に用意された愛の巣のようだ。

二人が存分に愛し合えるよう、誰も邪魔しに来ない。

「んぁあっ！　あ、あ、……あぁ……、……んぁ」

「なんだ、できるじゃねぇか。お前……思ったより感度がいいな」

「あぁ、……っく、……ぅ……っく、……はぁ」

「名前は？」

頭がぼんやりとしてきて、注がれる快楽に息も絶え絶えになっていた。何を聞かれたのか、すぐに把握できずにいると、もう一度聞かれる。

「名前はなんていうんだ？」

「た、た、たす……く……」

「匡か。悪くねぇな。……匡」

「はぁっ！」

蕾《つぼみ》がくちゃくちゃと濡れた音を立てたのが聞こえ、耳まで真っ赤になった。蕾をほぐす指は二本に増やされ、すぐに三本目も挿入される。

「ぁあっ、――ひ……っく！　ぅ……っく、……ぁあ……」

　後ろが疼いてたまらなかった。いけない指に浅ましい欲望を暴かれ、晒《さら》け出すハメになる。自分がどこまで変化するのだろうと思いながらも、それを止める術《すべ》はどこにもない。

「そろそろよさそうだな」

「あ……っ」

「あんたの躰は、順応性があるみてぇだぞ」

　蕾に屹立をあてがわれ、身を固くした。けれども、容赦なく先端をねじ込まれ、腰を進められる。じわじわと蕾を拡《ひろ》げられ、あまりの衝撃に声を押し殺すことすらできない。

「ぁあっ、あっ、……っく、――ぁぁああっ！」

　熱の塊が奥まで侵入してきて、匡はキファーフの肩に爪を立てた。

（あ……、嘘《うそ》……、……嘘、だ……っ）

　熱くて、溶けてしまいそうだった。中をいっぱいにされ、身じろぎすらできず、ただ息を殺すように嵐《あらし》が過ぎるのを待つ。だが、それはまだ来てすらいない。

　本当の快楽は、これからだ。

「あ、あ、……く、……んぁあっ！　……んあぁぁ」

　腰をゆっくりと引かれるが、またすぐに侵入される。

　ゆっくりと出ていかれ、また入ってくる。

出ていかれ、奥まで入られる。

はじめはゆっくりと、徐々にその動きはリズミカルになっていき、匡は力強いストロークで突き上げられた。逞《たくま》しい腰つきで躰を揺さぶられているうちに頭の中までシェイクされているようになり、ぼんやりとする思考の中でただ一つのことを考える。

助けて。

誰か助けて。

あまりの衝撃に、匡はキファーフの背中に腕を回してしがみついた。自分を犯している相手にそんなことをするなんて意味がないと思うが、他にどうしようもないのだ。何かに摑まっていないと、自分を完全に見失ってしまう。

「そんなに気持ちいいか？　きゅんきゅん締めつけやがって」

すぐ近くから表情を覗き込まれ、恥ずかしくて顔を背けた。

「も……無理、です……、無理……、……んぁ」

「こんなにとろとろにしてんのに、そりゃねぇだろう」

揶揄《やゆ》され、親指の腹で唇を押しつぶすように撫でられる。なぜか舐めたくなり、匡はキファーフの指に舌を絡ませていた。すると、キファーフが軽く笑う。

「いやらしい唇だな。お前がそんな顔するなんて、意外だよ」

「――――うん……っ！」

唇を奪われ、心が震えた。欲しかったのは、指ではなく、キファーフの熱いキスだったのだとわかる。

口内を犯されると分厚い舌に戸惑うが、それ以上に欲しかったものを貪《むさぼ》ろうとする強い欲求に突き動かされる。

「んっ、……ぅん、んっ！　んぁ……、ぅん」

濃厚なキスに酔わされながら、ゆさゆさと躰を揺さぶられて激しい目眩《めまい》を覚えた。快楽の海に堕《お》ちていくのが、自分でもわかる。

「あ、あ、んぁ、……待……っ、やっ、あっ、はっ、……んぁ、んぁ！」

一定のリズムで自分を突き上げる腰の動きそのままに声をあげ、注がれるものを貪った。

涙が目尻から零《こぼ》れ落ちて、こめかみを伝う。

熱の塊を自分の奥に感じながら、匡はこの行為に深く深く溺れていった。

目を覚ますと、皓々《こうこう》と明かりがついていた。部屋はシンと静まり返っており、外の雑音も聞こえない。時計を見ると、夜中の二時を過ぎていた。

どうやら、行為の途中で気を失ってしまったようだ。

（な、なんだったんだ……）

どこまでが現実で、どこからが夢なのかと思うが、ふと大きないびきが聞こえているのに気づいた。見ると、キファーフが床で大の字になって気持ちよさそうに眠っている。

匡を襲った男だ。だが、やはり野性的で美しい。同じ男を、しかも無理やり自分を犯した男を見てこんな気持ちになるのが、不思議だった。

寝言を口にしながら、だらしなく腹の辺りを掻く仕種はどう見てもただのおっさんだが、人ならぬ者の持つ神秘的な何かがあるのか……。

（今のうちに、なんとかしよう）

匡はゆっくりと起き上がるとずれたメガネを両手で元の位置に戻し、這うようにしてランプに近づいた。

本当にランプの精なら、擦ればきっとこの中に戻ってくれるはずだ。キファーフが起きないよう祈りながら、ゆっくりとランプの側面を手で擦った。すると、キファーフは足元から煙のように変化し、ランプの口から中へと吸い込まれていく。

（は、入った）

まさか絵本で読んだことが、今役に立つなんて思わなかった。あっさりランプの中に戻せたことに驚きながらも、今のうちだとばかりにランプの口にティッシュを詰め、ビニール紐《ひも》男を受け入れた場所で全体をグルグルに縛る。

「とにかく、捨ててこないと」

匡は、疲れた躰に鞭打《むちう》って洋服に着替え始めた。少し動くだけでも、男を受け入れた場所に鈍痛を覚え、眉をひそめてしまう。キファーフとのめくるめく濃厚なセックスは、匡から体力を絞り取り、今は抜け殻のようだった。

もともとねじが二、三本抜けているような匡だが、今は五、六本は飛んでいる。

「よっこいせ」

なんとか着替えを終えると、匡はランプを持ってマンションを出た。外は心地《ここち》好い風が吹いていて、とんでもない体験をした匡を優しく撫でてくれる。

「やっぱり、公園かな」

行き先を決めると、ゆっくりとそちらへ向かった。

キファーフに散々突き上げられた躰は鉛のように重く、同時にまだ快楽の余韻も燻《くすぶ》っていて、服が擦れる感覚にすら敏感に反応してしまう。

自分の躰に触れるキファーフの手を、思い出してしまうのだ。

(う……)

通りは時折車が通るくらいで、人の姿はなかった。空の上で星は静かに瞬き、月も黙って下界を見下ろしている。時折流れる雲が月を覆うが、柔らかい光を放つそれはまたすぐに姿を現した。その光を浴びながら、一歩一歩ゆっくりと歩いていく。

ようやく公園まで辿り着くと匡は息をつき、ランプをじっと見た。申し訳なく思いつつも、こうする以外思いつかない。

「誰か優しい人に拾ってもらってください」

植え込みの間に押し込んでから手を合わせ、踵《きびす》を返す。

このまま捨ててしまうことに、罪悪感がなかったわけではない。けれども、自分のされたことを思うと、こうする以外思いつかないのだ。

唯一の趣味が昼寝で、公園で野良猫《のらねこ》に囲まれて日向《ひなた》ぼっこをすることを最高の楽しみにしている匡にとって、心臓を落ち着かせなくする魅力的な男の存在も、耳を塞ぎたくなるほどの恥ずかしい揶揄も、我を忘れる凄絶《せいぜつ》な快楽も、必要ないのだ。

欲しいのは、平和で平凡な日常だ。隠居した老人だと言われようが、あんなことはもう二度と体験しなくていい。

(早く、帰ろう)

匡は歩調を速めた。自分のマンションが見えてくると、急ぐあまり躓いて両手を地面についてしまった。急いで立ち上がり、再び歩き出す。

自分の部屋に辿り着いたのは、それから十分後だ。

「ただいま」

誰もいない部屋にそう言い、冷蔵庫の中からウーロン茶のペットボトルを取り出した。喉《のど》を潤してから、冷蔵庫に寄りかかって溜め息を一つ零し、ぽつりと呟《つぶや》く。

「終わった……」

気分はまさに死体遺棄してきたばかりの犯罪者だ。あんなものを公園に捨てることは、匡にとってそれくらい重大な犯罪なのだ。

しばらく床を見ながらぼんやりとしていたが、突然、キファーフの顔が蘇《よみがえ》ってくる。

『匡か。悪くねぇな』

顔がじんわりと熱くなり、頭を左右に振ってキファーフのことを頭の中から追いやった。そして、新しいパジャマに着替えてベッドに潜り込む。マットレスに躰をあずけると、ようやく安堵した。

これだ。これが最高の幸せなのだ。疲れた躰をマットレスに横たえて目をつぶる瞬間は何にも勝る幸せだと断言できる。そうしていると、睡魔がすぐに匡を包んでくれるはずだ。

そう思っていたが、再びワイルドでセクシーなランプの精の姿が脳裏に蘇った。

襲いかかられた時に上から見下ろしてくる、ぞくりとするような視線。どんないやらしいことをしでかすかわからない唇。舌なめずりをする表情も魅力的だった。

セクシーな男なんて、テレビの向こうにもスクリーンの向こうにもたくさんいる。確かに野性的な美とフェロモンに溢《あふ》れていたが、匡はこれまで一度も同性を好きになったことはないのだ。一目惚《ひとめぼ》れするタイプでもない。恋愛経験はあまり多くはないが、いつだって少しずつ恋に落ちてきた。

それなのに、なぜ——。

いつもは目を閉じた瞬間眠りに落ちてしまうほど寝つきはいいが、今日はまったく睡魔はやってこなかった。水難から逃れるためにランプを購入したのに、男難に遭《あ》うとはなんて運が悪いのだろう。

本当に悪霊が憑いているのかもしれないなんて思いながら、匡はまんじりともせず一晩を過ごすハメになった。

## 2

「お疲れさまです。大丈夫ですか、猪瀬さん」

「あ、お疲れさまです」

翌日、匡はいつものように出勤し、いつものように一日真面目に仕事をしてから事務所に帰ってきた。デスクにつくなり、出先から入れた追加注文分のデータをチェックした。注文は定期的に店からオンラインで受け取るが、こまごました追加や返品は直接営業に連絡が来るか、事務所に電話を貰《もら》うことになっている。

自分の担当店舗の商品動向をデータに起こし、次の販売計画を練った。鈍臭い匡だが、持ち前の真面目さでこつこつ作業を進め、なんとか終わらせる。

「はぁ、やっと終わった」

パソコンを閉じ、魂まで出てしまいそうな溜め息をついてぼんやりする。いつもならしばらく惚けるところだが、今日は違った。脳裏に褐色の肌をした美しい男の肉体が蘇ってくる。

昨夜《ゆうべ》のことは、まるで夢の中の出来事のようだった。ランプの中から出てきたワイルドなランプの精に襲われたなんて、誰も信じはしないだろう。

あれからキファーフはどうしただろうと考え、捨ててしまったのは悪かったかもしれないなんて思ってしまう。自分を犯した相手にそんな気持ちを抱くなんて、お人好《ひとよ》しを通り越してアホとしか思えない。

「どうした、猪瀬。今日は疲れてるな」

「ええ……、ちょっと。……はは」

「月末でもないんだし、体調崩してしまう前に早めに帰って休め」

「はい。明日の準備が終わったら帰る予定です」

匡は明日回る店舗に持ち込むサンプル品を車に積み込み、仮の納品書を作って鞄の中に入れた。数は少ないが、レンガやテラコッタ製品も多いため、かなりの重さだ。

(やっと帰れる)

一時間後は、自分の部屋でゆっくりしているだろう。一刻も早く、風呂に浸《つ》かってぼんやりしたい。

「それじゃあ、お疲れさまです」

匡は、まだ残っている同僚たちに声をかけてオフィスを後にした。

いつものように電車に乗り、四十分ほど揺られて最寄《もよ》りの駅で降りると通い慣れた道を歩き出す。高架線のところに来ると、さすがに緊張が走った。

昨日、ここでランプを売りつけられたのだ。あの占い師の老婆がまたいたらどうしようなんて考えてしまう。

だが、その姿はなかった。人通りはまったくなく、ぼんやりとした明かりが灯《とも》っているだけだ。それを見ていると、あの出来事は夢だったのではという思いが、頭をもたげる。

よくよく考えると、ランプの精なんているはずがないのだ。非現実的すぎる話だ。

そんなふうに思っていると、段々と夢だったのだろうかという思いに傾いていき、どうしてあれを現実だと信じ込んでいたんだとすら考えるようになっていた。

躰に残る甘い疲労は、きっと思い込みのせいに違いない。想像妊娠と一緒だ。そうだと思い込めば実際に躰が変化するように、思い込みが肉体に影響を及ぼすことはある。

（欲求不満なんだろうか……）

あまり性欲はないほうだと思っていただけに、どうしてあんな夢を見たのか不思議だった。

相手は男で、オヤジで、しかも肌の露出が多いランプの精だ。いったいどんな潜在意識が働いているのだろうと、自分の趣味を疑ってしまう。

けれどもマンションに着き、玄関のドアを潜って部屋に入った瞬間、匡は固まった。

「あ……」

部屋の中央には、あのランプが鎮座していたのだ。昨日磨いたからか、買った時からは想像できないほど輝きを放っており、狭い一人暮らしのマンションの中でそれだけがゴージャスだ。

驚きすぎてぼんやり立っていると、ランプの口からもくもくと白い煙が上がってきて、キファーフが出てくるではないか。擦ってないのにどうして……、と啞然《あぜん》としていたが、匡は我に返るとすぐさま駆け寄り、ランプを擦り始めた。すると、半分出かかっていたキファーフは、再び中へ吸い込まれていく。

「おい、てめぇ、何しやがる」

胸から上のキファーフと目が合い、慌ててランプをより強く擦った。

「で、出てこないでください。誰か優しい人に拾ってもらってください」

「俺は捨て犬か！　——うぉぉおおお……っ！」

煙とともに、キファーフは完全にランプの中へと吸い込まれていった。部屋が静かになると、口の部分にティッシュを詰め、今度はバスタオルで全体を包んでから布テープでグルグル巻きにする。

これで出てこられないだろう。

もっと遠くへ捨てに行かなければと思い、ランプを持って玄関に向かった。しかし、キファーフの声がする。

『おい。捨てても無駄だぞ』

「え……」

辺りを見回したが、どうやらランプの中から聞こえたようだ。まだ中にいたのだと、少し

安心したが、次に聞かされたのは落胆するような言葉だ。

『俺らランプの精一族はな、主《あるじ》と決められた相手からは自分の意思では離れられねぇんだ。どんなに遠くに捨てても、俺はここに戻ってくるぞ』

匡は、ゴクリと唾を飲んだ。主になった覚えはないが、どうやら何度捨てても無駄のようだということだけはわかる。

「でも、俺は主になんてなった覚えは……」

『お前、あの占い師のババァからランプを買っただろう。その時点でランプの持ち主なんだよ。お前が合意の上で誰かに譲るか売るかしねぇと、主のまんまだ』

「そんな……」

『それにな、俺ほどの魔力を持ったら、自力でも出入りできるんだ。体力を消耗するからあまり率先してやらねぇがな。出してくれねぇんなら、自力で出ててめぇを犯すぞ』

「それは困ります」

『だったら出せ。どうせなら、これからのことを話し合ったほうがいいと思わねぇか？　悪いようにはしねぇぞ』

これ以上抗《あらが》うと、とんでもないことになりそうだ。

少し考え、ここは素直に従うしかないと思い、観念してランプの梱包《こんぽう》を解き始めた。紐を解いてタオルを剝ぎ取り、口に詰めていたティッシュを抜き取る。そして、ゆっくりとランプの横の部分を擦った。

すると、もくもくと出てきた煙の中から、キファーフが姿を現す。

「あ……」

キファーフは、またもや勃起していた。腰周りを包む布が、もっこりと盛り上がっている。

相変わらず、立派な剣だ。

「お前、また俺の股間を擦りやがったな！」

「すみません」

「すみませんで済むか。わざとやっただろう」

襲いかかってくるキファーフに、あっさりとベッドに押し倒された。

「あの……ちょっと、わざとじゃ……、……ぁ」

「そうか？　昨日のあれじゃあ満足してねぇんじゃねぇのか。思ったより欲深な躰だな。それなら遠慮はいらねぇだろう」

「——ぁあ……っ」

耳許で囁かれ、また躰が熱くなった。こんなにも感じやすかっただろうかと思うほど、敏感に反応している。それが怖くて、手探りでランプを摑むと、それをキファーフの頭に叩《たた》き込んだ。

「痛ぇ！」

キファーフは頭を押さえながらベッドから飛び降り、床に尻餅《しりもち》をついて悶《もだ》えた。戸惑うあまり力を入れすぎたようだ。心配になって駆け寄り、傷口を確かめる。

「あ、すみません。つい……」

「何しやがるんだ、このクソガキが！」

「痛っ！」

ぼくっとげんこつで頭を叩かれ、今度は匡が頭を押さえた。痛さのあまり、涙目になる。

「……わざとじゃないんです」

「まぁいい。今日は許してやる。茶ぁくれ。喉が渇いた」

キファーフがそう言って部屋の真ん中で胡坐《あぐら》をかいたため、素直に冷蔵庫から茶のペットボトルを持ってきて両手で手渡した。すると、キファーフは意外にもご機嫌な様子でそれに手を伸ばす。

「おう、悪いな。緑茶か。一度飲んでみたかったんだよ」

蓋《ふた》を開け、喉仏を上下させながら勢いよく茶を飲む姿に男らしさを感じながら、やはり夢ではなかったと昨夜のことを思い出し、その姿を窺《うかが》い見る。夢ではないとなれば、現実を受け入れるしかない。

「あの……本当にランプの精なんですか？」

行為の最中に、潤滑油になるものを魔法で出したのを見たというのに、つい聞いてしまう。

「ああ。当たり前だ。なんかやってやろうか。爆破ならお手のものだぞ。誰か爆破して欲しい奴なんかいないのか？」

「いえ。それは遠慮します」

物騒なことを言うキファーフの顔を窺い見ながら、やはり自分の目の前にいるのはランプの精なのだと、現実を噛み締める。

「今までは、何をされていたんですか？」

「ランプの中に閉じ込められてたっつっただろうが」

そう言われ、出会った最初の日、ランプから出てきた直後に千年ぶりの外の空気だとかなんとか言っていたことを思い出した。

「どうしてランプの精なのに、ランプの中に閉じ込められてたんですか？」

「まぁ、ちょっといろいろあってな。俺は昔王室に仕えてたんだよ」

キファーフはそう言って、自分のことについて語り始めた。

千年ほど前、キファーフはエジプトのある王室に仕えていた。小さな国だが、平和を愛するマタル王と美しい后《きさき》であるネフティス王妃、そして王妃に瓜《うり》二つのナウィームという名の王子がいて、民衆も穏やかな心を持った者たちばかりだった。

国土の八割が砂漠地帯という場所で、王室には代々受け継がれている宝が山ほどあり、夕暮れの太陽を思わせるたくさんの金があることから『砂の黄昏の王国』とも呼ばれていた。

しかし、たくさんの黄金がもたらすものは、決して平和だけではない。近隣諸国には宝を狙《ねら》う者もおり、たびたび侵略の危機に晒された。そのたびに国防軍とともに、キファーフは国を守ったのである。

そうやって代々国は平和を維持してきた。だが、どの世界にも裏切り者はいるものだ。国を守るべき立場にいる大臣の中に、王族を滅ぼし、宝を自分のものにしようという者がいたのだ。その者たちは、密《ひそ》かに機会が来るのを待っていた。

王が病に倒れ、王子が国政を司ることになってから、計画は一気に進んだのである。十七になったばかりの王子は民衆のために尽力したが、やはりまだ若い王子だ。国政が上手く運ばないよう大臣が裏で手を回し、民衆の不満も煽《あお》った。そして、クーデターが起きるのである。

キファーフは大きな戦力だったが、大臣は五十人の魔術師たちを使ってその魔力を封じたのだ。王と后は殺され、王子だけが生き残ってキファーフとともに城の奥へと逃げ込んだが、結局は追いつめられて逃げ場を失った。

「王子はどうなったんですか？」

「殺されちまったよ。可哀相《かわいそう》になぁ。まだ十七だった。本当は俺が護《まも》ってやんなきゃならなかったってのに、魔力を封じられて気を失った。気がつきゃランプの中から出られなくなってたってわけだ。……情けねぇ」

王子を殺した大臣たちのことを思い出したのだろう。キファーフの顔には、怒りが滲み出ていた。

ただの卑猥《ひわい》なオヤジかと思いきや、王室に仕える忠実な部下だったことを思わせる表情だ。

(そうか……、そんなことがあったんだ)

殺された王子のことを想像し、匡はしんみりした。

まだ十七歳だった王子。病気の王様の代わりに、国を統治しようとした。民のために、いい国にしようとしたのだ。小さい国とはいえ、十七歳の少年には荷が重かっただろう。

自分のことで精一杯で、休みの日には野良猫と日向ぼっこをしている自分とは大違いだ。

(本当は、忠実な人なのかもしれないな)

キファーフの顔を盗み見て、なぜか心臓の鼓動が速くなった。

匡に卑猥なことをする時の表情も知っているが、真剣な目をするキファーフはなぜかそれ以上に色っぽく感じる。不謹慎だと思いながらも、見惚れずにはいられない。

いつもは隠居した老人のごとくときめきとは一番遠いところにいるのに、しかも相手はどう見ても女性とはかけ離れた無精髭を生やしたオヤジなのに、これはどうしたことかと戸惑いを覚えた。

しかし、次に聞こえたのは、信じられない台詞だ。

「こんなことなら一発やっときゃよかった」

「え？」

「王子だよ。いいケツした王子でなぁ。見るたんびに股間が熱くなったもんだ。さすがの俺でも王子に手は出せねぇから、オカズで我慢してたんだがな。王子も俺に結構気があったみてぇだし、大臣の目ぇ盗んでどっかに連れ込んで一発やっときゃよかった。あの小さな尻にぶち込んで灼熱《しゃくねつ》のスープを噴射してやりたかったよ。ったく、我慢して損したな。ありゃ、一回火がついたら貪欲《どんよく》になるタイプだぞ」

ほくそ笑む悪人のような顔を見せられ、多少なりとも見直していた匡は、王子相手にそんな邪《よこしま》な妄想をしていたのかと呆れる。

（やっぱり、ただの卑猥な人だ）

見てくれに騙《だま》されてはいけない。

どんなに男前でもフェロモンむんむんでも、王室に仕えていたとしても、キファーフは卑猥なおっさんだ。ぼんやりとしている匡にも、そのくらいはわかる。

「これからどうするんですか？」

「俺の今の主はあんただからな。あんたが誰かに売るか同意の上で譲るかするまで俺はあんたから離れられない」

「そんな」

「それに、俺にはやりたいことがあるんだ」

「やりたいこと？」

「ああ。王子が持ってた王家に代々伝わる宝を捜してぇんだよ。紋章の入った立派な首飾りでな。王子を殺した連中の末裔《まつえい》が持ってる可能性がある。宝を取り返して、王子の死んだ土地に返してやりてぇんだよ。ちゃんと弔ってやんねぇと可哀相だろうが」

「キファーフさん……」

ほんの今、ただの卑猥な人だと思ったばかりだったが、形見捜しをするという発言を聞いて、再びキファーフに対する評価が変わりつつあった。

確かに、自分を殺した人間の末裔が持っているとしたら浮かばれない。

（キファーフさんって、どういう人なんだろう）

男臭い独特の色香で人を惑わす悪い存在のようだが、もう死んでしまった人間のためにどこにあるのかわからない形見を捜そうとする。

真面目でないのは確かだが、多分、悪党ではない。それは、なんとなくわかる。

その時、台所のほうでカサカサと音がして、黒い小さな物体が部屋に入ってきたのが見えた。ゴキブリだ。

「あ」

「なんだ？　ああ、ゴキブリってやつだな」

言うなり、キファーフの指先からレーザー光線のようなものが出たかと思うと、ゴキブリは爆破された。中身が飛び散って壁や床を汚している。

その戦闘能力の高さに驚き、匡は口をあんぐりと開けたままその残骸を見ていた。あんなに小さくてすばしっこいゴキブリを、たった一発で仕留めたのだ。しかもピンポイントでゴキブリだけを破壊した。

だが、壁と床にはその残骸が飛び散って汚れている。

「どうだ。すげぇだろうが」

「……もう少し、加減してもらえるとよかったんですけど」

「俺は戦闘要員だからな、このくらい朝飯前だ。久々に暴れたくなってきたなぁ。本当になんか破壊して欲しいもんはねぇのか？」

「そ、そんなことをしたら駄目ですよ」

匡は慌ててキファーフを制止した。

こんな危険なものを誰かに譲るなんて、しかも金を取るなんて論外だ。いい考えが浮かぶまで、手放すことはできないという結論に辿り着く。

「じゃあ、とりあえず俺のところを拠点にして、王子の形見を捜しますか？」

「ああ。それで手を打とう。ゴキブリが出たらまた俺が退治してやる」

ゴキブリは自分で退治したほうがいいと思ったが、特にして欲しいこともないため、それで手を打つことにする。

普段はぼんやりしているが、意外に責任感の強い匡だった。

それから、キファーフとの奇妙な共同生活が始まった。共同と言っても、もっぱら生活費を出すのは匡で、食事の用意をするのも掃除をするのも全部匡だ。

けれども、特に不満というわけではない。いつもしていることをすればいいだけだ。

「おかわり」

「あ、はい」

茶碗《ちゃわん》を差し出され、匡は隣に置いていた炊飯ジャーからご飯をよそってキファーフに渡した。

今日は金曜日にもかかわらず仕事が早く終わったため、二人でのんびり夕飯を取っている。ご飯にみそ汁、レトルトのハンバーグの上には半熟の目玉焼き。ほうれん草のおひたしとひじきの煮物はまとめて作っていたもので、それに鯖缶《さばかん》と味海苔《あじのり》もつけた。

いつもはこの半分だが、キファーフの豪快な食欲に合わせてグレードアップした献立で、給料日前の財布には少々厳しい。

けれどもキファーフの食べっぷりは見ていて気持ちよくて、懐事情など忘れた。山盛りのご飯はあっという間に胃の中へ収まっていく。

「日本の飯も旨《うま》いな。このみそ汁ってのは地味だが、胃にしみ渡っていく感じがたまらん。卵もいい具合だ。もしかして、お前は料理の天才か？」

「いえ、普通の腕です」

ハンバーグの上の半熟の目玉焼きがいたく気に入ったようで、皿に残ったとろとろの黄身とデミグラスソースの上にご飯を放り込み、勢いよくかき込んでいる。それを見て、明日は卵かけご飯を出してみようと思う匡だった。

キファーフはランプの中に閉じ込められていたが、外の様子を見たり聞いたりはしていたため、日本の文化や現代の技術の進歩などちゃんと理解していた。閉じ込められたのは千年も前だが、カルチャーショックを受けるようなことはなく、文明の利器をちゃんと理解している。

日本語が話せるのも、そういった理由らしい。

ただし、以前使っていた魔法が随分《ずいぶん》時代遅れになっているのも事実だ。

昔は冷たくなった食べ物を即座に温めるだけでも重宝がられていたが、電子レンジ、ガスコンロ、全自動洗濯機、自動掃除機、はたまたＩＨクッキングヒーターなどなど。文明はどんどん発達していき、魔法と言われていたことが現代社会では当たり前のこととなってしまった。もともと戦闘要員でもあったため、今キファーフが使える魔法は何かを破壊すること以外、役に立つものはあまりないらしい。

確かに、考えてみると現代の日常生活を見た古代人は、その便利さに驚き『魔法』と言うだろう。

「昔は空飛んで移動させてやっただけで、喜ばれたもんだがな」

テレビのニュースでは、宇宙ステーションで日本人が行ったミッションについて放送していた。宇宙飛行士が無重力空間の中でくるくると回ったり、宙に浮いたまま縄跳びをしてみせたりしている。

「空飛べるんですか?」

「魔法の絨毯《じゆうたん》はあるがな、飛行機に比べてスピードは遅いぞ。なんせ剝き出しの状態で運ぶからな。俺一人ならスピードも出せるが、人間は躰がヤワだからなぁ」

「へぇ」

確かに、剝き出しの絨毯ではジェットコースターのようにまともに風を受けるだろう。しかもあまり上空に行きすぎると酸素も薄くなり、気温も下がる。意外に不便なものだ。

「ランプに閉じ込められてなかったら、それなりに魔法もヴァージョンアップできただろうが、封じられてる間は進化も止まってたからな」

「そうだったんですか。あ、ところでランプに閉じ込められてたのに、なんで俺が擦ったら出られたんですか？」

「さぁな。今までこんなこたぁなかった。誰が擦ってもダメだった。見た目もボロボロにされてたしな。おかげでガラクタ扱いだ。魔法の効力が薄れてきたのかもな」

「そっか。もう千年も経《た》ってますからね」

二回目のおかわりを催促され、匡はまたご飯を山盛りにしてキファーフに渡した。ついでにみそ汁もついでやる。

「なんだ、気が利くな。そういやあの占い師のばーさん、あいつ詐欺師だぞ。霊感商法だ。ガラクタ集めて売りつけてるだけだ。俺のランプはたまたま本物だったが、あのばーさんが言ってたことはデタラメだ」

「え、そうなんですか。でも、俺には水難の相が出てるって言ってましたよ。俺、カナヅチで泳げないんですけど、それも悪霊のせいだって。まんざらインチキじゃないと思うんですけど」

「お前は本当にアホだな。病難、色難、水難、火難、盗難。誰にだって起こりうる災難を言ったらそれなりに当たるんだよ。お前、水難の相って言われて覚えがあるっつっただろうが。ああいう連中はな、相手のそういった反応を見て、上手く話を合わせてでっち上げるんだ」

老婆のことを思い出し、確かに少し胡散臭《うさんくさ》いところもあったなと思う。

「つまり、俺には悪霊なんて憑いてないってこと……ですか」

「ああ。すっかり騙されちまったな。はじめはぴかぴかに磨いて高く売りつける予定だったらしいが、なかなかきれいになんねぇから、磨いて輝きを取り戻すとともに取り憑いた悪霊の力も弱くなるなんて言ったんだよ。きれいにならなければ、効き目がなくてもお前の努力が足りないって言えるからな。とんでもないペテン師だよ」

匡は、それもそうだろうと妙に納得した。悪霊退散どころか、こんな厄介なオヤジが出てくるなんて、ペテン以外の何ものでもない。まんまと霊感商法に引っかかってしまった。

だが、昔からよく騙されたりしてきたため、もう慣れた。怒るのにも、体力が必要だ。

「あー、喰った喰った。せっかくランプの外に出られたんだ。外出するぞ」

「え、今からですか?」

「当たり前だ。夜はこれからだろうが」

王子の形見を捜すんじゃなかったのか……、と思うが、ランプから出たばかりだ。多少の息抜きもしたいだろうと、敢《あ》えて口にしない。

「あ、ちょっと待ってください」

玄関に向かうキファーフを、匡は慌てて引き止めた。このままの格好で出歩けば目立つことと間違いなしだ。

「その格好じゃ目立ちすぎるんで、せめて着替えてください」

「俺は昔からこの衣装なんだ」

「魔法で洋服出せないんですか?」

「できねぇことねぇが、そういうのは苦手だっつっただろうが。俺は戦闘タイプなんだよ」

そう言いながらも、キファーフは瞬《まばた》きする間に、現代風の衣装に着替えた。

カーキ色のカーゴパンツに、V字ネックの細身のシャツ。鍛え上げられた肉体を見せつけるような、シンプルだがセンスのあるファッションだ。

「そんじゃあ、いっちょ夜の蝶々《ちょうちょ》たちを捕まえに行くか」

キファーフが部屋を出ると、匡は慌ててリュックにランプを詰めて追いかける。

それから二人は、空飛ぶ絨毯は使わずに電車で街まで繰り出した。

金曜日の夜だからか、通りは人で溢れている。酒に酔った若者たちは、笑い声や奇声をあげて日頃のストレスを発散していた。着飾った若い女性たちの露出度は高く、胸元の大きく開いたブラウスから、豊満な胸の谷間が覗いている。

「いいねぇ、ぴちぴちのねーちゃんたちの生足が眩《まぶ》しいじゃねぇか」

王子を邪な目で見ていたと言っていたが、どうやら基本的には女好きらしい。道を歩く若い女性を舐めるように眺めて、舌なめずりをしている。その横顔はいかにもハンターといった印象で、匡は無意識にゴクリと唾を飲んだ。

まるで繁華街という森を歩くセクシーな夜の赤ずきんを、どうそそのかしてお持ち帰りしようかと企《たくら》んでいるオオカミだ。危険な巣穴には、主がいつ獲物を持ち帰ってもすぐ料理できるように、ふかふかのベッドが用意されているだろう。

もしかしたら、淫具《いんぐ》も自分の出番を今か今かと待っているかもしれない。

(ひ、卑猥な人だ……)

勝手に想像しておいてそれはないだろうが、当たらずといえども遠からずといったところだろう。

「あの、くれぐれもレーザー光線みたいなのだけは使わないでくださいね」

「わーってるよ」

匡を置いて、キファーフは女性たちのいるほうへ歩いていった。そして、歩道で立ち話をしながら時間をつぶしている二人組に声をかける。そう簡単にナンパなんて成功するのかと思って見ていたが、彼女たちは声をかけてきたキファーフを見て、好意的な態度を取っていた。

(あんなにあっさり……すごいな)

特に夜の街で見るキファーフは、その色香がより増して見えた。派手なネオンと濃いフェロモンが相乗効果になっているようだ。ワイルドな無精髭やシャツを着ていてもわかる肉体美に、女性たちの関心が高まっているのがわかる。

何か卑猥なことでも言ってみせたのか、「や～らし～」という声が聞こえた。オヤジはオヤジでもフェロモンむんむんのワイルドな男前なら、彼女たちも大歓迎といったところだろうか。

キファーフの胸板を指で押して筋肉を確かめ、さらに割れた腹筋を見せられて、黄色い声をあげて喜んでいる。女性が社会進出するようになって男性にも美しさが求められるようになってきたが、その一方では肉体美を売りにしたダンスグループが人気を博しているのもわかる気がする。

すっかり置いてけぼりを喰らった匡は、キファーフがいかに女性の興味の対象になるのか見せつけられながら、ぼんやりと立っていた。

その時――。

「痛っ、なんだてめぇ」

「あ、すみません」

キファーフの動向に気を取られるあまり、通行人と肩がぶつかった。見ると、黒いスーツを着た人相の悪い三人組が匡を見ている。金髪の者もいれば真っ黒な髪をオールバックに撫でつけている者もいた。ヤクザというより、愚連隊というべきか。

三人とも日に焼けており、開襟シャツの前を大きくはだけさせていた。そこそこ鍛えてはいるようだが、キファーフの躰に比べると迫力に欠ける。

「おい、どこ見てんだぁ？　痛《いて》ぇじゃねぇか」

黒髪のオールバックが、酒の匂《にお》いをぷんぷんさせながら一歩前に出て匡を威嚇した。

「すみません」

「すみませんで済むなら警察はいらねぇんだよ」

お決まりの台詞を浴びせられると、胸倉を摑まれて肩にかけていたリュックの中を探られる。何をするのかと思いきや、財布を奪われた。

「あの……」

「治療費だよ、治療費」

「治療費って」

「なんか文句あんのか、コラァ」

巻き舌気味で言われると、反論などできなくなる。

通行人たちは遠巻きに見ているだけで、誰も匡を助けようとはしなかった。自分が巻き込まれないよう、目を合わせようともしない。目の前でなけなしの一万円札が持っていかれるのを、匡はなす術もなく見ていた。ああ……、と諭吉《ゆきち》を見送る。

さようなら。

そう思った瞬間――。

「おーい、匡！　俺はこのねーちゃんたちと……」

まさに『両手に花』状態で、キファーフがナンパした女性二人の肩を抱いてどこかへ向かおうとしていた。だが、匡が三人組に絡まれているのに気づいて立ち止まり、彼女たちを手放してから踵を返して歩いてくる。

匡が財布から金を奪われているとわかったからか、キファーフの表情が変わった。

彼が戦闘要員だというのがよくわかるような、鋭い目だ。ナンパしていた時とは、まさに別人。

「なんだてめぇ、俺の連れになんか用か？」

せっかく手にした獲物を放り出して匡を助けに来るなんて、意外だった。共同生活をしている相手とはいえ、美しい夜の蝶より匡を優先したのだ。

(助けに、来て……くれるんだ……)

まるで正義の味方を見るような目を、キファーフに向ける。

「誰だ、おっさん」

「オヤジンナポッポレーノフェロモンダプンプンキンニクモムッキムキーダキファーフ様だ」

「はぁ？　なんだこのおっさん。頭おかしいのかぁ？」

ぎゃはははは……、と三人は腹を抱えて下品な笑い声を上げた。馬鹿にしてみせているようだが、キファーフはちっとも気にした様子はなく、男たちを無視する。

「匡。お前何やってやがる」

「えっと……肩がぶつかって、治療費払えって言われて」

「それで金払ってたのか。アホかお前は。この昼行灯。ボケ老人。うすのろすかぽんたん。なんで抵抗しねぇんだ」

散々な言われようだが、そんな言葉を浴びせられても当然だと反論もできずキファーフを見上げていた。怒っても男前だ……、なんて思いながら惚ける。

「こんな時まで何惚けてんだ？　だからお前は昼行灯なんだよ」

鼻をつままれ、容赦なく左右に動かされた。

「痛いです。やめてください」

「あ？　何がやめてくださいだ。俺に命令すんのか？」

「い、居候のくせに……」

「言うじゃねぇか。これでちったぁ目ぇ覚ましたか。いつもぼんやりしやがって」

自分たちが相手にされていないとわかると、チンピラたちは笑うのをやめてキファーフに迫った。

「おい、何二人で話してんだぁ？」

「うるせぇな。今匡と話してるんだ。雑魚は黙ってろ」

「何が雑魚だ。てめぇのほうが……、――うご……っ！」

拳《こぶし》がチンピラの一人の顔面にヒットした。急所に当たったのか、白目を剝いて仰向《あおむ》けに倒れてしまった。起き上がる様子はまったくない。

「てめぇ！」

仲間がやられて残りの二人は、気色ばんだ。人を馬鹿にして楽しむような連中だ。こんな通りのど真ん中で仲間が一発で沈められて黙っていられるはずがない。しかも、金髪は勢いづいてポケットからナイフを出した。

さすがにこの状況が危険なのは、匡でもわかる。

（ど、どうしよう）

周りを見るが、やはり仲裁に入ろうなんて人間は一人もいない。

「粋がってんのも今のうちだ。ケガしたくねぇなら……」

チンピラが言い終わらないうちに、キファーフは指からレーザー光線らしきものを出してナイフを破壊した。パン……ッ、と音を立て砕けてしまう。

「あ……」

柄の部分は残っているが、その先がすっかり消えていた。ゴキブリの時と同じだ。ピンポイントで破壊する狙いの正確さも力加減も完璧《かんぺき》である。

「――ひ……っ」

チンピラたちは、顔面蒼白《そうはく》になった。その音に気づいた通行人の何人かがこちらを向くが、何が起きたのかまではわからないようで、あっさり通り過ぎていく。

「あ！　こら、逃げるんじゃねぇ！」

逃げるチンピラをキファーフが追い始めると、匡もそれを追った。

このままでは、大変なことになるかもしれない。何せ戦闘タイプのランプの精だ。ここで能力を存分に発揮されれば、男たちどころか街が消失する可能性だってある。

路地の裏に入っていった二人に続くと、五十メートルほど先が行き止まりになっていた。

完全に追いつめられた金髪たち。奪った金をキファーフに差し出しているが、それだけで許そうという雰囲気ではない。

匡は、咄嗟《とつさ》にリュックの中に隠し持っていたランプを取り出した。

「――うぉぉぉおおお……っ」

ランプを擦ると、キファーフは足元から煙となってランプの中へと吸い込まれていく。それを見たチンピラたちは、腰を抜かした。

「ひぃ……っ！」

「なななななんだ、お前たち……っ、何したっ！」

軽率かと思ったが、これ以外キファーフを止める術を知らない。しかも、相手は酒も入っている。誰もこの男たちの言葉など信じないだろう。

「じゃあ、俺はこれで。飲みすぎないように気をつけてください」

あくまでもアルコールが見せた夢だと印象づけるためにそう言い残し、匡はそそくさとその場を立ち去った。ランプを持ってきておいてよかったと心底思い、胸を撫で下ろす。

『こら、出しやがれ』

キファーフの声がランプの中から聞こえてきた。通行人たちには、匡が一人で会話をしているように見えるらしい。クスリでもやっているのか、という目で見られているのがわかる。

「ちょっと待ってください。人のいないところに行きますから」

『出さねぇと、自力で出るぞ』

「もうちょっと待ってください……っ」

匡は公園の公衆トイレに駆け込み、個室に入ってしっかりと鍵《かぎ》をかけた。ここなら誰にも見られないだろうと、ランプを擦ってキファーフを外に出す。すると、もくもくと煙が出てきて狭い個室は煙でいっぱいになった。それが消えるのと同時に、キファーフが姿を現す。

「あ……」

「てめぇ、また俺のチンコを擦りやがったな！」

ぼくっとげんこつを喰らい、涙目になって頭を押さえた。

「すみません、わざとじゃないんです」

「嘘つけ。さては、ここで犯されてぇんだな。案外好きなんじゃねぇか、この昼行灯」

「ち、違います」

「違わねぇだろうが。狭いところってのは、興奮するよなぁ」

「ま、待ってください。……ぁあっ！」

鍵を開けようとした手を掴まれ、そのままドアに胸板を押しつけられるようにして動きを封じられる。さらに尻を鷲掴《わしづか》みにされ、ゆっくりと揉みほぐされながら尻の割れ目に屹立を押しつけられた。

「そんなに言うなら、俺のビッグサーベルをお前の鞘《さや》に収めてやる」

なんて破廉恥な人だろうと思いながら振り返ると、キファーフの男臭い色香が溢れる口許が目に入った。

揉み上げから顎にかけてのライン、厚めの唇、無精髭。

（あ……）

心臓がトクンとなり、なぜ同じ男に自分が反応するのかと戸惑いながら思わずキファーフと視線を合わせ、そして後悔した。

自分を見下ろす欲情したその目は危険で、鼓動は急激に速くなっていく。

物理的な刺激によるものではなく、心が先に反応しているなんて厄介だ。まだ少し煽られただけなのに、心は既にたっぷりと愛撫されたようにトロトロに蕩《とろ》けている。このままいけない行為に溺れてしまいたい気さえするのだ。

キファーフも、匡の反応を見てその気持ちを見抜いたらしく、本気の目をする。

「やっぱり嫌じゃねぇみてぇだな。だったら、遠慮はいらねぇな。かわいがってやる」

「あ、あの……ちょっと……、……ここじゃ……、……ぁ……」

躰をまさぐられながら、匡はキファーフが自分のためにナンパした女の子たちを置いて戻ってきてくれたことを思い出していた。あんなにあっさりと、手にした獲物を手放した。もしかしたら、それが嬉しいのかと自問する。

だが、その答えは出ぬまま躰はあっという間に理性の手の届かぬところへ行ってしまい、匡は自分の躰を這う悪戯《いたずら》な手の虜《とりこ》になっていった。


キファーフのビッグサーベルは、匡の鞘に収められることはなかった。

狭い公衆トイレの個室で迫られれば逃げ場はないと覚悟をした匡だったが、たまたま見回りに来ていた警察官に「ここはラブホテルじゃないぞ」と注意されて、行為は中断されたのである。水を差されたキファーフはそれ以上迫ってはこず、警察官に喰ってかかるようなこともしなかった。久し振りの夜遊びだったようだが、結局新たに女の子をナンパするでもなく、二人はおとなしくマンションに帰ったのである。

そして今日は、自分のせいでせっかくの気晴らしを台なしにしてしまったお詫《わ》び半分、寝ているキファーフをマンションに置いて図書館に来ていた。

キファーフが仕えていた王宮が実在したものなら、もしかして文献に残っているかもしれないと思ったのだ。かつてキファーフが仕えていた国が今も存在するのかわかれば、宝も見つけやすい。

「あ。これだ……」

朝から資料を漁《あさ》り辿り着いたのは、歴史の文献ではなく昔話の全集だった。千夜一夜物語のような形で残っている。

キファーフから聞いたのと内容がほぼ同じで、黄金とラピスラズリをたくさん持つ小さな国の話だった。民を愛する王が病に倒れた後、十七歳の若い王子が父の代わりに国を治めようとしたが、悪い大臣たちから阻害されて追いつめられていく話だ。キファーフらしきランプの精もちゃんと出てきて、クライマックスで五十人の悪い魔法使いたちに魔法を封じられるシーンも描かれていた。

最後には城の奥の部屋に逃げ込んだが、包囲され、扉の隙間から油を流し込まれて火を放たれたのである。外に出ることも逃げることもできず、王子はその中で息絶えたのだという。

具体的に王子がどうやって死んだのか、キファーフからは聞かされていなかったが、閉じ込められた部屋の中で炎に包まれて息絶えたことを口にしたくなかったのかもしれない。確かに、邪な欲望を抱いていたのかもしれないが、それだけではないと感じられる。

「こんな最期だったのか」

悲しい話に、しんみりとなった。炎に包まれた王子が、最後まで自国の民のことを案じながら息絶えるシーンは涙をそそる。

物語として語り継がれているが、これは事実をもとに作られた話だ。だとすれば、おおもとになった史実を突き止めればいい。

さらなる手がかりを捜すために、今度はパソコンを覗いた。資料を捜している途中、ウェブニュースに目が留まる。

今、中東関係で話題になっているのは、独裁政権を倒そうとする反政府軍の民主化運動が激化している内戦のことだった。北アフリカに位置する社会主義国家で、反政府軍をアメリカ合衆国が支援しているが、サルマーン・ホスニー・ハマド大統領率いる政府軍による空爆で民間人が何人もなくなっている。それに関連して、原油の供給網が絶たれる可能性も出てきて、原油高が懸念されているということだった。

また、油田開発に日本企業が参入することが決定したことも大きな話題となっている。新興国のインフラ整備に関して中国が莫大な投資を行ってきたこともあり、出遅れた日本がどこまで巻き返せるかとのコメントが出ている。

このうちのどれかが、キファーフが仕えていた国と関係しているかもしれないと思ったが、特定する手段はなかった。

小さな国だ。長い歴史の中で消滅してしまった可能性も考えられる。だから事実としてではなく、物語として辛《かろ》うじて語り継がれているのかもしれない。

「王子の形見なんて、本当に見つかるのかな」

せっかく図書館に来たのだから、形見の首飾りがどんなデザインなのか描いてもらっておけばよかったと後悔した。昼行灯とよく言われるが、確かにそうだと軽く溜め息をつく。

いったんマンションに戻ろうとウィンドウを閉じようとした匡だったが、ふとトピックスに並んだウェブニュースの一つに目が留まった。

『海外で人気の日本のオタク、ここまで進化』

秋葉原《あきはばら》に出没したオタクの話題のようだ。いわゆる自分のお気に入りのキャラクターになり切って変装する『コスプレ』について書かれている。記事によると、好きなキャラクターになり切るために手品までマスターするオタクもいて、日本人の徹底したところが絶賛されていた。

しかし、動画の画面に映っているのはキファーフらしい男の姿だ
匡は、迷わず再生ボタンを押した。

「あ……」

動画サイトにアップされていたのは、間違いなくキファーフだった。

どうやら外国人観光客が何かのコスプレをしているのだと思って動画を撮り、ネット上にアップしたようだ。タイトルのところに、『japanese otaku』と書かれている。あまりにリ

アルなコスプレに話題になっているようでコメントの数は多く、再生回数もすごいことになっていた。しかも、画面の中のキファーフは、着替えもせず、肌の露出の多い衣装のままで秋葉原名物の『萌えメロン』の店に並んでいるのだ。

胸が小さいことを気にしている女の子のキャラクターが、悪の組織と戦うという人気アニメの商品で、メロンパンをブラジャーの中に入れて巨乳にして戦うエピソードから作られたものだ。夜のニュースでも取り上げられるくらいの人気で、その知名度は高い。

キファーフはブラジャーの形のパッケージに入ったメロンパンをゲットすると、いきなり絨毯を出し、それに乗って飛んでいってしまった。あっという間の出来事で、誰もが呆気《あっけ》に取られている。コメント欄には、『CGだろう』『やらせだ』『トリックじゃね?』などの声ばかりが目立つが、実際に目にした人がいるのも事実だ。

「キファーフさん、あなたって人はなんてことを……」

外出する時は着替えてくれと昨日言ったが、既にあの格好で出かけていたのだ。しかも、魔法まで披露している。なぜ最初に言っておかなかったのだろうと後悔し、マンションに戻ることにした。周りのものを片づけ、電車に乗って家路に向かう。

図書館からマンションまでは、一時間ほどだ。着いたのは正午を過ぎたところで、キファーフが腹を空《す》かせて匡の帰りを待っていた。

「ただいま」

japanese otaku

「おー、帰ったか。どこ行ってやがった」

「あの……実は大変なことが……」

「なんだ？」

「ネットにキファーフさんの動画が上がってます」

「あ？」

「だから、インターネットの動画サイトに……。魔法の絨毯、使いましたよね」

「ああ。メロンパン買いに行った時のだな。テレビでやってて無性に喰いたくなって買いに行ったんだよ。心配すんな。今は人前じゃ……」

言い終わらないうちに、チャイムが鳴った。こんな時に来客なんてタイミングが悪いと思いながらも、玄関に行ってドアスコープから外を覗く。すると、六十代の太った女性が立っているのが見えた。

「……大家さんだ」

どうやら怒っているようで、腕組みしたままイライラした様子で匡が出てくるのを待っている。家賃の滞納などしていないはずなのにと思いながら、これ以上怒らせてはいけないとすぐさまドアを開けた。すると大家は玄関の中まで入ってきて、満点のど迫力で迫ってくる。

思わず後退《あとずさ》りした。

「こ、こんにちは。お世話になってます。どうしたんですか？」

「近所の方から連絡があって来たんですよ。あなた、部屋に友達を同居させてない？」

ギクリとした。友達ではないが、ランプの精を同居させている。

匡の表情の変化に気づいたのか、大家は疑いの色をより濃くしてさらに追及してくる。

「してるのね？　してるんでしょう！　うちはシェアハウスじゃないから、そういうのは困るんですよ」

「いえ、そんなことはしてません」

「でも、四十代前半くらいの男性がいつもいるって住人から連絡があったんですよ。他の方にも聞いたら、男性が出入りしているのを見たって人が何人もいたわ。しかも、裸に近い変な格好で歩いているって」

「それは、多分……お父さんです」

お父さん。

言ってしまって後悔した。変な格好をしたお父さんなんて、ますます怪しまれるに決まっている。しかも、匡の父親というにはさすがに若すぎる。せめてもう少しマシな嘘《うそ》はつけないものかと思うが、人を騙すことには長《た》けていない匡にとって、これ以上のものは無理だ。

「ちょっと部屋の中を見せてもらいますよ」

「あ、待ってください。えっと……パンツ干したまんまなので、片づけます」

急いで戻ると、部屋の中を見渡した。

「どうした？　そんなに慌てて。客は帰ったのか？」

ちゃぶ台の前で胡坐をかくキファーフに聞かれるが、答える余裕がない。隠れる場所も見当たらない。これはピンチだ。仕方ないと、ランプを摑んで横の部分を手のひらで擦る。

「ごめんなさい、キファーフさん」

「——うぉぉぉぉ……っ！」

キファーフは、またもやランプに吸い込まれていった。相変わらずいい吸い込まれっぷりで、惚れ惚れする。

「猪瀬さんっ、いい加減にしてください！　入りますよ」

次の瞬間、大家がずかずかと部屋に上がり込んで部屋の中を見回した。

「やっぱり同居してるんじゃないの。今男の声がしたでしょう？」

「いえ。違います」

「嘘おっしゃい。今、あなた誰かとしゃべってたわよ。声が聞こえたもの」

「つ、つけっぱなしにしてたテレビを消したんで、それじゃあないでしょうか」

大家はすぐには信じようとはせず、押し入れの中やバスルームの小さな湯船の中まで捜した。一通り捜索が終わると、まだ納得してないという不満の表情を浮かべながら、片方の眉を上げて匡を睨《にら》む。

「本当に誰も居候させてないのね？」

「はい」

「もし、誰か同居してたらすぐに出ていってもらいますからね。最近は平気で名義貸しするような人もいるから困るのよ。そういうだらしがないのは、私嫌いなのよね。まったく」

ブツブツと文句を言っているが、帰る気になったようでホッと胸を撫で下ろす。

危なかった。

咄嗟にランプを擦って強制的に中に入ってもらったため間に合ったが、次は自分から隠れるように言っておこうと思う。

『おい、いつまで脱力してるんだ。外に出してくんねぇなら、自分で出るぞ』

「ああ、すみません」

文句を言われて、匡は慌ててランプを擦ってキファーフを外に出した。すると、また股間に当たってしまったらしく、そこは勃起している。

「あ」

「『あ』じゃねぇよ、このうすらハゲ！　お前、本当は俺に抱いて欲しいんだろう」

「ち、違います……」

「何度も何度も俺を勃起させやがって、実は天然装ってるだけなんじゃねぇか」

「いや……本当に……、違うんですけど……。そんなことより……、……あの……っ、動画、サイトに……」

動画サイトのことを訴えるが、キファーフは聞く耳持たずだ。あっさりと押し倒されてしまう。舌なめずりをしながらのしかかってくるキファーフを見て、心臓が大きく跳ねた。欲望を剝き出しに襲ってくるキファーフは、恐ろしくセクシーだ。

悪いことをしてやろうという目。

唇を舐める赤い舌先。

匡にはない、男らしい骨格。

無精髭も揉み上げも、男としての魅力に溢れていて、あまりに濃いフェロモンに胸が苦しくなり、心拍数はどんどん上がっていく。

「今日は最後までやらせてもらうぞ。俺のファイヤードラゴンが火を吹きたくてたまんねぇっつってんだよ」

聞いているほうが恥ずかしくなってくる言葉に、匡は耳まで赤くした。こんなことをしている場合ではないのに、熱い股間を強く押しつけられ、ますます危機感を覚える。思わず見てしまい、状況はさらに悪化した。

小さい布ではキファーフの暴れる熱い竜を隠し切れず、腰に巻かれたベルトについている繊細な飾りの下から雄々しいものが顔を覗かせている。

今にも火を吹きそうだ。

高校生の頃に、露出狂に下半身を見せられたことがあったが、あの時は男である自分にそんなことをする男に驚きはしたものの、なんとも思わなかった。けれども、今は違う。嫌悪していない。

キファーフに見せられると、なぜこんなにも恥ずかしいのだろうと思う。しかも、嫌悪していない。


(俺は……露出狂なんか……好きじゃ、ない……)

イチモツを見せられて恥ずかしがっているなんて、AVビデオにありがちだ。そんな状況に自分が置かれていることも信じられず、戸惑いはさらに大きくなっていく。

こんなことをしている場合ではないと、動画サイトのことを思い出すが、キファーフの強烈なフェロモンに意識は朦朧《もうろう》としてくる。

「これで、お前の躰の奥を焼き尽くしてやる」

「あの……だから……、ど、ど、動画……サイト……」

「後で聞いてやるから、こっちが先だ」

宥《なだ》めるように言われ、言いくるめられて抵抗の手を緩める。

「あ、後で……?」

「ああ。後でちゃんと聞いてやるよ」

熱く、それでいて優しげな視線を注がれながら頬《ほお》を撫でられ、匡はキファーフと見つめ合った。これがいけないのだ。強引に迫ってくるくせに、まるで本当に愛しているかのような顔で触れてくる。そんなはずはないと思いながらも、つい流されてしまうのだ。

「……匡」

いつの間にか当たり前のように下の名前を呼んでいるところも、匡の判断を狂わせる要因だった。

# 3

キファーフとの生活を始めて、一ヶ月が過ぎた。

相変わらず王子の形見は見つからず、自由気ままなランプの精との共同生活が終わる気配はまったくなかった。真面目に捜しているのかと突っ込みを入れたくなるほど、キファーフは現代生活を満喫している。

「猪瀬さーん。オランダからのコンテナが到着して商品の確認が終わったんですけど、梱包が甘くてテラコッタのオーナメントがかなり割れてるんで、リスト置いておきます。フェア用に注文したものも入ってるんですけど、ものによっては再入荷は一ヶ月後になるかもしれません」

事務所に戻ってきたばかりの匡のもとへ、倉庫の主任がやってきた。

同い年だが、匡より四年早く入社しており、知識も豊富だ。倉庫のどこに何があるかはもちろんのこと、どの商品が人気でこれからの人気傾向を予測する能力もあり、営業会議でもその発言はかなり重要視される。

「あ。それなんです?」

リストを机に置いた主任は、匡が持っていたメモを覗き込んだ。

それは、キファーフに描いてもらった王子の首飾りのデザインだった。丸い輪の中に複雑な幾何学模様が描かれていて、鎖の部分も宝石がついていたりと、かなり手が込んでいる。

純金ということだけでなく、美術品としての価値もかなり高いだろう。

「えっと……と、友達が、こういうデザインの首飾りを捜してるんです」

「へー、めずらしいデザインですね」

「はい。でもなんか見たことがあるような気もするんです。もしかしたらオーナメントにこういうのなかったですか?」

「オーナメントは太陽とか月が多いんですよね。あとオリーブとか。そういう幾何学的な模様でうちで扱ったものって記憶にないですね」

「そうですか」

本物を見たことがあるデザイナーが参考に作った商品があったかもしれないなんて期待していたため、少し落胆した。もしかしたら、図書館で調べ物をした時に似たものを見たのかもしれない。

「じゃあ、リストのチェックお願いしますね」

主任が立ち去ると、匡は破損した商品のリストの確認を始めた。

日本のメーカーならすぐに新しいものを取り寄せることができるが、海外からのものだとそうはいかない。日本のメーカーと同じ対応を期待できないところもあるため、代替品なども考慮して計画を練り直す。

三十分かけてチェックを終えると、匡は大きく伸びをしてから溜め息をついた。そして、所長の机に報告書を置いて机の上を片づけてから事務所を後にする。

「じゃあ、お疲れさまです」

約十二時間前に通った出勤ルートを逆に辿ること、約一時間——。

疲れた表情をした乗客が多い電車に揺られ、吐き出される乗客とともにホームに降りて改札を潜り、家路に向かった。

いつにもましてぼんやりしてしまうのは、今週も匡なりに全力で仕事をがんばったからだというのもあるが、決してそれだけが理由ではない。原因はもちろん、フェロモンの塊のような男のせいだ。

どこを擦れば股間に当たらずキファーフをランプから出せるのかわからず、隠れてもらわなければならない事態が起きると咄嗟にやるものだから、何度も同じ失敗をする。股間がどの辺りにあるのか教えて欲しいと聞いたこともあったが、本人もよくわからないらしい。そもそもどんなふうにあの小さなランプに収まっているかも、よくわかっていないのだ。

そういった事情から、キファーフを外に出す時には、必ずピンポイントで股間を擦るという妙な才能を発揮してしまうのである。

いつも電話など途中で邪魔が入るため最初の日を除いて挿入までいたらずに済んでいるが、それもまったく問題がないとも言えなかった。火を放たれただけでオアズケされているのと同じで、中途半端な状態で放り出されていると言っても過言ではない。

自分にもちゃんと性欲があって、欲求不満にもなるのだと悟った。二十七にして枯れてしまったと思っていたが、そうではないらしい。喜ばしいこととはいえ、今のままでは困る。

しかも、問題はそれだけではないのだ。

「はぁ」

匡は、道すがら預金通帳を開いて溜め息をついた。そうしたところで残高が増えるわけではないが、今日の夕飯をどうするかという差し迫った問題に直面している。

財布の中にも、金はほとんど残っていなかった。ランプを一万円で売りつけられたのに加え、キファーフの食欲を満たすためにいろいろ購入したのだ。一人が二人になっただけだが、小食の匡が予定していた以上にキファーフはよく食べる。

このままでは、経済的に破綻してしまいそうだ。

「お米はまだあったし、しばらくは塩おにぎりで凌《しの》ごうかな」

そうと決まると、ぐちゃぐちゃ悩んでも仕方がないと歩調を速める。マンションに着くと部屋の明かりがついているのが、道路から見えた。

人がいる部屋に帰ることに心地好さを感じながら、中へと入っていく。

「ただいま～」

「おー、匡か。遅かったな。俺もさっき帰ったところだ」

外出する時は目立たない服装を心がけてもらっているが、やはりいつもの衣装のほうが落ち着くようで、既に元の服に着替えていた。

ゴージャスな衣装を身につけた姿で冷蔵庫を覗いている姿は、なんだかおかしい。

「形見捜しはどうでした？」

「さっぱりだな。歴史書漁りも限界がある。空飛んで現地に行ければ、手がかりも見つかりそうだが。場所も大体わかるし。人間ってのは、どうしてこう不便なんだぁ？」

「駄目ですよ。パスポートもないのに、海外には行けないでしょう？　だからといって、昼間っから絨毯乗り回さないでくださいね。大騒ぎになりますから」

「わーってるよ。それより腹減ったな。今日の晩飯はなんにする？」

キファーフが目の前に立つと、匡は野性美溢れる姿をじっと見上げた。

「どうした？」

「えっと」

「なんだ、言えよ」

「あの……」

「言えっつってんだろうが。言わねぇと、俺のチョモランマをお前の尻に突っ込んで噴火させるぞ」

両方のほっぺたを指でつままれ、左右に強く引っ張られる。面白い顔になっているらしく、笑いながらさらに上下にも伸ばされた。少し痛い。

「ほら、言え」

「実は金欠れ。二十七にもらっれ稼ぎら少らくて恥ずかしいんれすけど、ご飯代が……」

頼りない主に買われて申し訳ないと思いつつ真実を告白すると、キファーフは手を止めた。

「なんだ、そんなことか。それならそうと早く言え」

言いながら、いくつもしている耳のピアスを半分ほど外し、匡の手に握らせる。リング状のものでシンプルだが、大きさのわりにはかなり重かった。金メッキではなく、本物の金だろう。さらに金の腕輪もつけてくれる。

「これ……」

「悪かったな。お前の財布のことをすっかり忘れてた。俺はずっと王室にいていくら喰ってても金の心配なんかしたことなかったからな。ほら、これ売って金にしろ。本物だから高く売れるぞ」

「え、でも……いいんですか？　キファーフさんのですよ。それに俺は主だし」

当然自分が養うものだと思っていたが、キファーフにそのつもりはなかったらしい。

「何が『主』だ、この昼行灯。俺を養おうなんて一億年早いんだよ。どうせなら、それ売りに行った帰りに旨いモン喰ってくるか」

キファーフはそう言って外出用の洋服に着替え、お前も支度をしろと匡をせっついた。

戸惑いながらも、普段着に着替えてマンションを出る。確か、二十四時間営業の質屋があったなと、スマートフォンで場所を調べ、マンションから一番近い店舗に向かう。

幸い、最寄りの駅から二つ行ったところにあった。しかも駅から三分だ。

「こんばんは」

「いらっしゃいませ」

質屋は初めてだったため、緊張気味にアクセサリーを買って欲しいと言うと、女性店員に鑑定をするので座るように促され、キファーフと二人で並んで腰を下ろす。

「ねーちゃん。いい品だろうが。そびえ立つ俺のチョモランマのような高い値で買い取ってくれよ。値だけに男前にな。俺の男根《おとこね》もかなりのもんだぞ」

「……?」

意味がよくわからなかったらしく、彼女は愛想笑いをすると鑑定を始めた。やはりメッキなどではなかったようで、カウンターに置いてあった秤の上に置いてグラム数を量る。

「えー、買い取り価格はこちらの金額になります」

電卓を叩いた店員は、二人にその数字を見せた。いちじゅうひゃくせんまん……、と数え、驚いてもう一度数える。思っていた以上の金額だ。思わず両手でメガネの位置を正して電卓を凝視してしまう。

「ええ。金はこの十年でかなりの高値になってますから。この価格で大丈夫でしょうか？」

「こ、こんなに……？」

「キファーフさん、本当にお金に換えていいんですか？」

「お前にやるっつったろうが。これで旨いもん喰いに行くぞ」

「は、はい。じゃあ、買い取りお願いします」

「かしこまりました」

彼女は一度奥に姿を消すと、トレーに八十万近くの現金を載せて戻ってきた。目の前で数え、封筒の中に入れる。決して稼ぎがいいとは言えない匡にとって、その厚さは滅多に手にしないものだった。

「これで飯が喰えるな」

「はい」

店を出た匡は、その中から五万円だけ貰ってあとはキファーフに差し出した。すると、怪訝《けげん》そうな顔をされる。

「なんだ。お前の金だろうが」

「全部はいらないです。キファーフさん、何十万ぶんも食べてないですし」

「今から喰うかもしんねぇだろうが」

「でも……さすがにこんなに困りますよ。貰えません」

「じゃあ、銀行ってところにあずけておけ。俺がいつでも旨いモン喰えるように、お前がちゃんと管理してろ」

受け取る気がないキファーフを見て、本当にいいのだろうかと思うが、通りの真ん中で金の入った封筒を押しつけ合うのもどうかと、それをリュックにしまった。

「じゃあ、そうします」

「それより焼き肉喰いに行くぞ。スマホ持ってただろう。ここから一番近い高級焼き肉店を捜してみろ」

「え、あー……、はい」

調べると、車で十五分ほど行けば有名な高級焼き肉店があるのがわかった。贅沢《ぜいたく》にもタクシーに乗って店に向かう。到着すると、二人は二階の席に案内された。高級店とあって椅子の座り心地はよく、テーブルも広々としている。

「とりあえず生ビール」

キファーフは、慣れた様子で先にドリンクを注文してからメニューを開いた。

ランプの中から世の中の移り変わりを見ていたとはいえ、現代社会に馴染《なじ》みすぎているくらい馴染んでいる。メニューを見ているその姿からは、ランプの精だとは想像できない。

ドバイ辺りで一財産築いたオヤジに、こういったタイプがいそうだ。

「何喰う？」

「なんでも。セットメニューなんかが注文しやすいんじゃないんですか」

「そうだな。おい、ねーちゃん。注文いいか」

ウエイトレスを呼んだキファーフは、二人で食べるにはかなり多い量の肉を注文した。ほどなくして、美しいさしの入った肉が次々と運ばれてくる。さっそくトングで肉をつまんで網の上に並べた。

「なぁ、匡」

「はい」

「お前、無欲だな」

「え……？」

顔を上げると、キファーフは並べた肉の様子を眺めている。

「あんだけの量で八十万だ。他にも俺のネックレスやら腕輪やら売れれば、かなりの値打ちになるんだぞ。アクセサリーはランプの中にもまだあるし。わかってんのか？」

「それはそうですけど、キファーフさんのものですから、俺には関係ないというか。あ、こっち焼けましたよ」

厚めに切った牛さがりが、今が食べるチャンスだと主張していた。いい具合に焼けているようだ。

「普通はそうはいかねぇんだよ」

キファーフは、さっそく手をつけた。匡も箸《はし》を伸ばして一枚取り、ご飯とともに口に運ぶ。肉の旨みがしっかりしており、脂《あぶら》が甘くて柔らかだった。

「普通って？」

「いや、別にいいよ」

キファーフの笑った顔が、少し嬉しそうに見えたのは気のせいだろうか。あんな顔もするんだ……、と妙に感心した。

上手く説明できないが、まるで優しく見守るような、愛情を感じる目だ。いつも昼行灯だのボケ老人だの散々言われているからか、なんだかむず痒《がゆ》い。

「えっと……それより、形見捜し、何か方法考えたほうがいいですよね」

「そうだなぁ。今のままのやり方じゃあ、捜し出すのは一生無理な気がしてきたよ。そもそも千年も経ってるんだ。大臣たちの末裔は、もう残ってないかもしんねぇしな。そうなると、形見もどうなってるか……」

「じゃあ、博物館巡りでもしますか？　末裔の方の手を離れているんなら、博物館に寄贈されてる可能性もありますよ。前にも古代エジプト展なんてやってましたし」

「お。そりゃいい考えだな。お前、ぼんやりしてるくせに、結構賢いな。そうと決まれば、明日に備えるか。ねーちゃん、生ビール追加頼む」

キファーフは、食欲全開だった。次々に肉を網の上に載せ、どんどん追加注文する。カルビやロースなどの肉を堪能した後は、石焼きビビンバや辛さの効いた韓国麺《めん》までテーブルに並んだ。既に腹いっぱいだが、美味《おい》しいと入るもので、小食のはずの匡もつられてかなりの量を胃に収める。

箸を置く頃には、体重が二、三キロ増えているのではないかと思うほど、腹はぱんぱんだった。

「ごちそうさまでした。キファーフさんのおかげで高級焼き肉が食べられました」

店を出ると、匡は礼を言った。こんなに贅沢したのは、どのくらいぶりだろう。

「こんなもんで喜ぶんだったら、いつだって連れてきてやるぞ。金も宝石もまだまだあるからな。匡の質素な生活なら一生喰っていける。会社辞めて世界中の旨いモンでも喰いに行くか?」

「駄目ですよ。老後のために取っておいたほうがいいです」

いつが老後なのかはわからないが、キファーフが現代社会で生きていくスキルがどのくらいあるかわからないのに、無駄使いさせる気にはなれない。魔法は使えてもおおっぴらにはできないだろうし、戦闘タイプだ。とても就職に役立つとは思えない。

「は～、お腹いっぱいです」

空を見上げると、星が輝いているのが見えた。スモッグだらけの空も、こうして見ると悪くはない。生温《なまぬる》い風も、一緒に歩いてくれる人がいると心地好いものに感じた。

「平和ですねぇ」

「ああ」

のんびりとした時間を過ごしながら、この日本に、この時代に生まれてきてよかったと思う。時代や生まれた場所が違えば、こんなふうに美味しいものを食べて、呑気《のんき》に夜道を歩くことすらできなかったかもしれない。

食べることもままならず、自由もなく、人としての最低限の生活すら手にできないまま死んでいく者は、世界中にいる。目を背けたくなる現実は、確かに存在するのだ。

そんなことを思ったのは、図書館のパソコンで見たニュースを思い出したからだ。

今でも民主化されていない国があり、民間人が爆撃で命を落とすこともある。日本人が当たり前のように持っている権利のために、命を懸けて戦っている人もいるのだ。

たまたま日本人として生まれただけで、これほどたくさんのものを手にしていること自体が、すごいことなのだと思う。

「どうした？」

「あ、いえ……」

「なんだ、言えよ」

「えっと、前に図書館で見たウェブニュースで……」

匡は自分が見た記事や、今自分が思ったことを話して聞かせた。

思えば、キファーフが仕えていた国の王子も、クーデターに遭って命を落としている。十七の歳でだ。自分より十歳も歳下の少年が、小さいとはいえ一国を背負って足掻《あが》いていたなんて、考えただけで切なくなる。

「なんだ。お前も図書館で捜してくれてたのか」

「何かわかればいいかなと思って。キファーフさん、爆睡してて起きなかったから一人で行ってきたんです。でも無駄でした」

「形見が見つかったら、俺の持ってる宝を半分分けてやるぞ」

「え、いいですって。そういうのは本当にいらないです。身の丈に合った生活をしないと、後でとんでもないことになります。それに人間はちゃんと働かないと」

「お前は本当に欲がねぇなぁ」

優しい眼差《まなざ》しに、トクン、と心臓が鳴った。

これまでもキファーフの野性的な色香にドキドキすることはあったが、今のはなぜかこれまでとは少し違う気がする。

「無欲なところは、あいつに似てる」

「え……」

「何惚けてるんだよ、この昼行灯」

「いてっ」

鼻の先を指で弾《はじ》かれ、勢いでメガネが跳ねた。両手の指先でフレームを挟んで元の位置に戻す。

王子に似ているなんてどういう意味だろうとその横顔を窺い見ていたが、そうしたところで何もわからなかった。あまり見ているのもどうかと思い、前を見る。

もともとぼんやり散歩をしたり日向ぼっこをしたりするのは好きだが、キファーフとの散歩もまた違った感じがして、匡はいつしかこの時間が長く続けばいいと思っていた。言葉を交わさずとも、隣にキファーフの気配を感じながら歩くのは楽しい。

なんの変哲もなかった日常に、変化を与えてくれたランプの精。だが、単に刺激を与えてくれるという意味ではないのは確かだ。

(俺、どうしたんだろう)

自分の中の異変に気づいた匡だが、それがなんなのかまではわからない。

「なぁ、どうせなら夜の散歩にでも行くか」

「散歩って……今してるじゃないですか」

「絨毯で空飛んでだよ」

「え」

ニヤリと笑うキファーフを見てポカンとしていたが、我に返る。

「駄目ですよ。魔法を見られたら大変です」

「ちょっとくれぇ大丈夫だよ。もう遅い時間だし、離発着は人のいねぇところに行けばいいだろうが」

「駄目ですって」

「固《かて》ぇこと言うなって。ほら、行くぞ」

言うなりタクシーを停《と》めると、キファーフはそれに乗り込んだ。早くしろと言われ、匡も後部座席に乗り込む。

タクシーは街の中心を離れ、郊外からさらに人気のない場所へと向かった。

「どこまで行くんです?」

「田舎《いなか》のほうだよ。いちいち車で移動するってのが面倒だが、こんくらいすりゃお前も安心だろうが」

窓の外の景色は、次第にのどかなものへと変わっていった。ネオンなどない、昔ながらの夜の顔を持つ町だ。街灯の明かりや消防団の建物の赤色灯だけが暗闇《くらやみ》を照らしている。

「この辺で降ろしてくれ」

運転手にそう言って代金を払い、タクシーを降りる。どんどん歩いていくキファーフを追いかけて、匡は空き家になっているらしい農家の敷地に入っていった。庭は塀で囲われていて外からよく見えない造りになっていて、中は広々している。

「この辺でいいか」

キファーフが言うと、目の前に絨毯が現れた。

（う、浮いてる）

キファーフがランプから出たり入ったりしているのを散々見てきたが、これに乗るのかと思うとさすがに躊躇《ちゆうちよ》してしまう。途中で落下したりすることはないのだろうか。

「乗り心地はなかなかだぞ」

先にキファーフが絨毯に乗り、手を伸ばしてきた。恐る恐るその手を摑んで絨毯の上に乗る。

「わ」

床に置いてあるものではないため、体重を乗せた場所がわずかに沈んだ。けれども、なかなかの安定感で、硬めのソファーに腰を下ろしているような感覚だ。

「上空は寒いからな。ほら」

今度は刺繡のしてある大判の布が出てきて、躰に巻きつけられた。イスラム圏の女性が身につけている民族衣装のように、目だけ出すような格好になっている。

「これなら、人間が乗ってる絨毯だとは思われねぇよ。見られても、謎の飛行物体くれぇだろ。山にUFOはつきものだ」

「だ、駄目ですよ。山にUFOなんて、マニアの人が注目します」

「じゃあ海のほうに行くか」

「う、海!? 駄目です。俺、泳げないんで、海の上を飛ぶのだけは……」

「なんだ。我儘《わがまま》な奴だな」

その表情に、ドキリとした。この自由気ままなキファーフに『我儘』と言われるなんて、しかも嬉しそうな表情で言われるなんて、まるでそれが許されるほどの存在になった錯覚に陥る。

「じゃあ、やっぱり山にするか」

「はい、そっちでお願い……、——わぁぁあぁあぁぁぁああ～～～～～っ！」

絨毯はあっという間に上昇し、空飛ぶ絨毯に慣れていない匡は、転げ落ちそうになった。横に座るキファーフが背中に腕を回して支えてくれるが、メガネが飛ばされそうになり、右手で押さえる。

絨毯は上空まで上がり、ゆっくりと山の上を旋回し始めた。夏でも上空の空気は冷たいが、毛布のようなものを被っているため寒くはない。

「どうだ、気持ちいいだろうが」

「は、はい」

山の向こうに、街の光が見えた。自分の住んでいる街だ。住宅街のほうは比較的暗いが、繁華街のほうはきらびやかに輝いている。

人の生活は近くにあるというのに、別世界から覗いているような気分になった。

この絨毯の上は、匡にとってまさにそんな場所だった。

誰も来ない場所。誰にも邪魔はされない。

まさか、こんなふうにあの街を眺めるとは思っていなかった。どのくらいの高さがあるのかわからないが、キファーフがいなければ決して眺められない光景だろう。

感動にも似た思いが、胸をいっぱいにした。言葉にならない。

「いい眺めだろう」

「はい」

「砂漠を散歩すると、もっと気持ちいいぞ」

昔を思い出しているのか、キファーフは懐かしそうな目をしていた。幸せそうな表情だ。その横顔を見ていると、砂漠の上を絨毯で散歩することがどれだけすばらしいのかわかる気がした。

いや、大事なのは砂漠ではない。おそらく、散歩をする相手が重要なのだ。

「あの……王子を乗せることもあったんですか？」

「ああ。連れていったりしたなぁ。いつも国のことを背負わされてたからな、たまには息抜きもさせてやんねぇとと思ってな」

王子が、その時間を楽しみにしていただろうことは容易に想像がつく。確かに大変な重圧を抱えていただろうが、キファーフと散歩をしている間だけは、自分の立場など忘れたに違いない。

それが彼にとって、どれだけ大切なものだったか——。

「おっ死《ち》んじまうくらいなら、散歩の時に絨毯の上でやっときゃよかった」

「キファーフさん、あなたって人は……」

相変わらず卑猥なオヤジの一面を見せつけられ、ロマンチックなんて言葉とは無縁の男に呆れた。けれども、表面的なことだけでこの男を測ることはできない気がする。

それは、キファーフが以前に言ったことからも想像できる。

『王子が持ってた王家に代々伝わる宝を捜したいんだよ。紋章の入った立派な首飾りでな。王子を殺した連中の末裔が持ってる可能性がある。宝を取り返して、王子の死んだ土地に返してやりてぇんだよ。ちゃんと弔ってやんねぇと可哀相だろうが』

形見捜しは遅々として進んでいないが、義務を背負っているわけでもないのに、この世にいない人のために、手がかりなどほとんどない宝捜しをするなんてそうできないことだ。不真面目な部分ばかりが目立つが、決してそれだけの男ではないというのはわかる。

クーデターで殺された王子の屍は、埋葬されることはなかっただろう。だからこそ、王子が大事にしていた宝をもとの地に返してやりたいのかもしれない、と匡は思った。若くして殺された王子に対する同情だけでは、その気持ちは貫けない。

忠誠。義理。

いや違う。

ただ王室に仕えていたからというだけではなく、何か特別な感情があるに違いない。そうしたい何かが――。

（あれ……）

また、胸の辺りに違和感を覚えた。痛みと言ってもいいのかもしれない。

自分の中で、何か変化が起きている。

直感的にそう思った。自分の中で、何かが少しずつ変わり始めているのだと。

「どうした？」

「あ、いえ……、別になんでもないです」

目が合うとなぜか焦りを覚え、慌てて前を向いた。広がる景色を見ながら、自分の胸の中で心臓がトクトクと速く鳴っているのを感じる。

だが、これだけではない。

匡の身に起きたその小さな変化は、さらなる変化を呼ぶのだった。


匡は、砂漠に囲まれた小さな国にある城の中にいた。空は広く見渡せ、灼熱の太陽が降り注いでいる。

城はピラミッドなどの遺跡に見られるような大きな石を積み重ねて造られていた。城の中庭には緑もあり、小さいながらも水路のようなものが流れている。それは城の外へ続いており、街に住む人々の大切な生活用水となっていた。

なぜ自分がこんなところにいるのだろうかと、しばらくぼんやりしていると、中庭から見える建物の窓辺に人がいるのを見つけた。

ガラスなど嵌《は》め込まれていない。壁に四角い穴が開いているだけの窓だ。

窓辺では、一人の少年が年老いた男と向かい合って座っていた。白い口髭を生やした男がしきりに何か話しており、少年はそれを聞きながらときどき頷いている。

この国の王子だ。テーブルを挟んで向かい側に座っている老人は、教育係。

なぜそれがわかったのか不明だが、匡は知っていた。どうして知っているのかと聞かれても困るが、間違いない。しかも、名前もわかる。あれがキファーフが仕えていた国の王子、ナウィームだ。

不思議に感じながら見ていると、中庭の隅に植えられている大きな木の上にキファーフがいるのに気づいた。

（あ……）

太い枝をハンモックのようにして寝そべり、何やら美味しそうな果物《くだもの》を食べている。味わっているのか、ゆっくりとした動作で歯を立て、溢れる果汁を啜り、手の甲で口を拭《ぬぐ》った。食べている間、その視線はずっと王子に注がれている。

熱い視線だ。この国の太陽よりも、ずっと熱い。

灼熱の太陽の下では、甘い果物はさぞかし美味しいだろう。甘酸っぱい匂いがしてきそうで喉がゴクリとなる。

けれども、唾を飲んだのは単に果物が美味しそうだからではなかった。

キファーフが今、手にした果物ではなく王子を食べているのだとわかったからだ。

柔らかい果肉。芳醇《ほうじゅん》な香りのする果汁。

甘酸っぱいそれは、間違いなく王子だ。キファーフはそれを舌でつぶし、口の中で転がすようにしてじっくりと味わっている。

傍《はた》から見ていても、赤面したくなるほどの仕種だった。卑猥と言っていい。

キファーフは本気で王子を欲していた。今は王室に仕えているため手は出さないが、破ろうと思えばいつだって破れるのも事実だ。ただ、早く楽しんでは意味がないとばかりに、その瞬間を先延ばしにしている。

料理を一番いい状態で食べるために、自分に我慢を強いているのかもしれない。

食べ頃の果実は、そろそろ完熟の季節を迎えようとしている。

そして、王子のほうを見てあることに気づいた。

王子は国政のことなどについて教育係から学んでいるようだが、キファーフの視線に気づいていた。知らないふりをしているが、熱い視線を全身で感じているとわかる。教育係に勉強を教えられ、必死で集中しようとしているが、心はキファーフのことでいっぱいだ。

気もそぞろというのが、よくわかる。

（相思、相愛……なんだ……）

衝撃だった。

二人の間にある見えない繋がりを感じた。

想《おも》い合い、求め合い、それでいて距離を置いている。

すぐに卑猥なことを言うキファーフだが、王子に対する気持ちは本物だ。一方的に欲望を抱いているだけではない。王室に仕えることにしたのも、おそらく王子がいるからだろう。

いつか手を出してやるという邪な気持ちがあるのかもしれないが、それは単に肉欲だけの問

題ではない。身も心も欲しがっている。

教育係が席を外した。

ゴクリ、と唾を飲んで様子を見守っていたが、二人の態度に大きな変化はなかった。教育係の目を盗んで何かしようなんて気配は、まったくない。

しばらく見ていると、王子は頬をほんのりと紅潮させながら、キファーフのいるほうへ目をやった。木の上で果物を食べていたキファーフと目が合った途端、すぐに視線を逸《そ》らす。

ただ、それだけだ。

華奢《きゃしゃ》な躰の中の心臓が、大きく拍動しているのが伝わってきた。たったあれだけで、王子の心は平常心を失い、気持ちは昂《たかぶ》る。

触れ合わずとも、愛の言葉を囁かずとも、それだけで十分なのだ。それだけで、心が苦しくなるほど秘めた想いを抱えている。

そしてキファーフも、そんな王子の気持ちを知っていて、堪《こら》えているのがわかった。連れ去ることもできるのに、そうしないのはそれだけの想いがあるからに違いない。

見ているだけで、息が詰まるような関係だった。

「――っ！」

目を覚ますと、匡は自分の部屋にいた。しばらく天井を凝視していたが、目を右、左とゆっくり動かし、ここが日本で自分のマンションのベッドの上だと確認する。

まだ心臓がトクトク鳴っていた。どうしてあんな夢を見たのか、わからない。どういう意味があるのか、それとも意味なんてないのか。

身を起こして、枕許《まくらもと》に置いていたメガネに手を伸ばす。

ベッドの下を見ると、キファーフは大の字になって寝ていた。大きないびきをかき、気持ちよさそうにしている。

（本当に、単なる夢かな）

夢というにはあまりにリアルすぎて、キファーフの記憶が寝ている間に流れ込んできて、匡に千年前の様子を見せたのかもしれないなんて考えが浮かぶ。

以前ならそんなことは考えもしなかっただろうが、現にランプの精などという存在と生活をともにしているのだ。非現実的なことも起こりうるのだというのを身を以て知った今、どんなことが起こっても素直に信じられる。

もし、あれが本当にキファーフの記憶なら、あの熱い視線も王子に対する熱い想いも当然本物ということだ。もしかしたら、今もその想いを抱えているのかもしれない。

(あれ……)

また胸の辺りに違和感を覚えた。このところ、よくこんなふうに胸が痛くなる。心臓を直接握られるような感覚だ。

(病気かな。でも、春に受けた会社の健康診断は問題なかったし)

いつもぼんやりしていて溌剌《はつらつ》としたタイプとは言えないが、意外に健康で、子供の頃から大きな病気をしたことがない。そんな匡にとって、同じ症状がずっと続くなんてこれまでに経験したことはなかった。少し不安になる。

その時、キファーフの瞼《まぶた》が微《かす》かに震え、ゆっくりと開いた。そして、むくりと起き上がる。

「ん……? なんだ、起きてたのか」

「あ、いえ……今起きたばかりというか」

キファーフは大きなあくびをしてから胡坐をかき、乱暴に頭を掻いて匡を見上げた。

起き抜けだからか背中を丸めた姿勢はだらしないが、少し伸びた前髪の間から覗く目は眠そうで、どこか男の色気を感じた。自堕落な行為に耽《ふけ》った直後という印象だ。

(自堕落な行為って……どんな行為なんだ)

妙な妄想をしてしまったことが恥ずかしく、匡はじわりと顔が熱くなるのを感じた。

肉体美をあますところなく見せつける格好で座っているキファーフは魅力的で、その色香に酔いそうだ。

ほんの今見た夢——王子に対する欲望を抱えながら、甘酸っぱい果実に歯を立てるキファーフの姿を思い出し、妙に意識してしまう。

「何ねちねち俺のことを見てやがったんだぁ？　もしかして、俺に欲情してたか、この昼行灯。いや、お前は今日からエロ行灯だ」

「ち、違いますよ」

「今日からエロ行灯と呼んでやろう」

「だから、違いますって」

エロティックなのは明らかにキファーフのほうだと言いたいが、本当にそうなのだろうかと思う。

「眠れねぇのか？」

「え？　まぁ、ちょっと」

「確かに日本の夏は寝苦しいよなぁ。こっちは湿気があるからな。カラッとした暑さなら俺も得意なんだが、さすがにこうムシムシすると体力持ってかれる」

立ち上がってカーテンと窓を開けるキファーフを、匡はぼんやり見ていた。

青白く柔らかい光が、差し込んでくる。それは、キファーフの躰にも注がれていた。筋肉の凹凸のところにうっすらと影ができ、引き締まった肉体の様子がよりはっきりと見える。

なんて美しいのだろうと思った。割れた腹筋や二の腕、肩、肩胛骨《けんこうこつ》など、まるで彫刻像のようだ。しかも、石膏《せっこう》なんかではない。

生きているからこそ、美しさが際立つ。

「匡」

「は、はい」

「眠れねぇなら、また絨毯で散歩に連れてってやろうか？」

「あの……いえ、遠慮します」

匡の言葉に、キファーフは悪戯っぽい笑みを口許に浮かべた。

実は絨毯での散歩の後、なかなかタクシーがつかまらずに大変だったのだ。人気のない田舎だったことを忘れていた。マンションまで飛んで帰ろうと言われたが、他人に見られる危険を犯すことは匡にはできなかった。

「お前は心配性なんだよ。夜中になっちまったんだから、絨毯でここまで帰ってくりゃよかっただろうが。人間ってのは、非効率な生き物だな」

確かにその通りだが、キファーフはちゃんとつき合ってくれた。匡の言うことなど無視して、絨毯でさっさと運ぶこともできたのだ。

なぜ、そうしなかったのか。

（本当は優しいのかも……）

これまで一緒に生活する中で、匡は何度もその片鱗を感じてきた。

確かに最初はいきなり押し倒されて散々だったし、酷い下ネタは相変わらずで非常識な行動も多いが、街でチンピラに絡まれた時はナンパした女の子を置いて助けに来てくれた。また、生活費が足りなくなった時はあっさりと自分の身につけているものを手放して換金した。最近は、家事も手伝ってくれる。

そして何より、王子が大事にしていた首飾りを捜して弔おうというところからも、心の温かさが感じられるのだ。

王子が生きていたのは、千年も前だ。

「なんだ?」

「べ、別に……」

「別にって顔か。いつもいつもぼけっとしやがって。お前の頭ん中はどうなってんだぁ」

鼻をつままれ、顔を左右に動かされた。あんまりぐいぐいやるものだから、痛くて仕方がない。

「キファーフさんは、本当は……優しい……のかもって……、い、痛いです」

どう足掻いても放してくれないため、ランプに入ってもらおうとちゃぶ台のランプに手を伸ばした。だが、指先が触れた瞬間それはどこかへ消える。

「おっと、俺をランプに入れようとしても無駄だぞ」

キファーフはひょいとランプを奪い、亘の手が届かないよう高々と上げた。奪い返そうとしても、指に触れるだけで摑めない。

完全に面白がっている。

「俺様が優しいだと？　面白《おもし》れぇことを言うな」

「だって……ちゃんと、言うこと……聞いてくれたし、……痛いです」

「こんなことされてもか？」

「それは、わざと……やってるんでしょう？」

「なんでもプラスに解釈するところも、あいつに似てるな」

ひとしきり匡の鼻で遊んだ後、キファーフはようやく解放してくれた。涙目で鼻をさすりながら、悪ガキのように笑っているキファーフを見上げる。

また言われた。

匡は、その事実を嚙み締めていた。

また、王子に似ていると言われた。

共通した点を見つけてしまうのは、キファーフが王子を忘れられないからだとしか思えなかった。新しい恋人に死んだ恋人と共通する部分を求めてしまうように、新しい主に昔の主の面影を捜している。

本当は、最後まで王子に仕えたかったのかもしれない。クーデターで殺された王子を、護り通したかったのかもしれない。そんな存在を失い、自分だけが時を超えて生きている。

そうだとしたら、なんて切ない関係だろう。

(あ、痛い)

急に胸の痛みを覚え、匡は顔をしかめた。心臓を直《じか》に鷲掴みにされているような痛み。いや、苦しみと言ったほうがいいのかもしれない。キファーフを盗み見ると、より強くはっきりとした疼痛《とうつう》に襲われる。

「……っ!」

匡はその時、胸の違和感が病気なんかではないとようやく気づいた。病と表現されることもあるが、誰もがかかるもので、めずらしい現象ではない。時には人を甘く酔わせ、時には嵐のように人を翻弄《ほんろう》する。

それはつまり、恋だ。

(まさか……)

信じ難い思いでいっぱいになり、もう一度確認するようにキファーフを見る。すると、今度は鼓動が急激に速くなって自分の考えが間違いでないと悟らされる。

二十七の男が『恋だ』なんて考えること自体恥ずかしいが、どう考えても、キファーフに恋をしているとしか思えなかった。

「どうした? 熱でもあんのか?」

「な、ないです」

手を伸ばされて思わず身を引くと、今度はいかにも悪い男という顔でニヤリと笑った。

「取って喰おうなんて思ってねぇよ。それとも、喰って欲しいか?」

その物言いに、心拍数はさらに上がっていく。ただのジョークだとわかっていても、さらりと受け流すことができない。

滴るような男の色香に、キファーフの魅力が単純なものでないと痛感した匡だった。


自分の気持ちを自覚した匡は、信じ難い現実を前に戸惑うばかりだった。

(どうしよう……)

まさに衝撃だ。ランプの精が存在し、同居しているというだけでも驚きだというのに、さらに好きになってしまうなんて信じられない。しかも、その相手は千年前に生きていた王子のことを今も想っている。

十七の歳で国を背負わなければならなくなった王子を、キファーフはずっと見ていただろう。王子には、絶対に敵《かな》わないとわかっている。

どうしたらいいのか——。

自分の気持ちの止め方もわからなかった。感情をコントロールできない。

そのせいもあってか、キファーフの目を見られなくなってしまった。

「匡。お前、最近元気ねぇなぁ。どうしたんだ?」

「いえ、なんでもないです」

その日、匡たちは博物館に来ていた。古代エジプトの秘宝が集結したエジプト秘宝展が開催されていたからだ。日本初上陸のものが何点もあるということで、テレビCMも頻繁に流れており、それだけに来館人数はかなりのものだ。

客の中には、ターバンを巻いた民族衣装の男性の姿もあった。誰もがひそひそと話しているが、ホールは人数が多いからか静かなざわめきに満ちている。

「腹でも壊してんじゃねぇか?」

「そ、そんなことないです。とにかく、見て回りましょう」

「そうだな。捜してみるか」

「はい」

二人は、王子の形見の品を捜し始めた。捜すと言っても他の客の邪魔にならないよう、ゆっくりと展示品を鑑賞しながらだ。就職してからは博物館の類《たぐい》からは遠のいていたが、学生の時はよく足を運んだ。平日の比較的空いた時間にゆっくりと美術品を鑑賞するのは、公園の日向ぼっこと同じくらい心が安らぐ。

しかし、今回は少し違った。王子の首飾りを捜すという目的があることもだが、心が落ち着かない理由が隣にいる。目を合わせなくても、キファーフの躰の一部が視界に入ってくると、つい目を奪われてしまうのだ。腕や肘《ひじ》、肩。股下《またした》の長い脚。

今日はちゃんと洋服を着ているが、普段から肉体美を見せつけられているため、服の下に隠されている裸体を想像してしまう。

また、目を逸らしてもその気配を隣で感じているだけで落ち着かないのだ。気が散って、王子の形見捜しどころではない。

「あるか？」

「いえ。同じようなものはないみたいです」

真剣に捜せと自分に言い聞かせ、匡は以前描いてもらった首飾りを描いたメモと展示品を何度も見比べた。

「やっぱりそう簡単には見つからないですね」

「ああ、そうだな」

「あ。あそこにあるのは？」

「ん？　似てるな。ちょっと待ってろ」

キファーフはそう言い残し、匡を置いて丸い首飾りが展示してあるほうへ向かった。人が多いため、なかなか前に進めないが、邪魔にならないようにゆっくりと進んでいく。

その背中を見ながら、無意識に溜め息をついた。どうやら緊張していたようで、自分がいかに意識しているのかを嫌でも自覚させられる。

こんなことじゃいけないと、匡は気を取り直して展示品に目をやった。

黄金の王冠や王妃の首飾りなど、集められた秘宝はすばらしいものばかりで、これが何千年も前の人間が作ったものだと思うと不思議な気がした。既に死んでしまった人間が作ったものを、見てきたものを、違う時代に生きている自分が今日にしている。

人は死んでも、残したものは時を超えて自分たちの目の前に存在しているのだ。

それは、キファーフの王子に対する想いと同じで、色褪《いろあ》せることはない。

王子が残したものは、記憶となってキファーフの中にいつまでも残っている。形がないぶん、その美しさは永遠に保たれたままだろう。

またそんなことを考えてしまい、苦しくなった。日に日に、病は重くなっていく。

「おい、何ぼけっとしてんだ?」

いつの間にか、キファーフが戻ってきていた。目の前に立たれ、間近で好きな相手の顔を見てしまい、心臓が飛び出しそうになる。

「な、なんでもないです。それよりどうでした?」

「似てたが違ったよ」

「そうですか。じゃあ、次の部屋に移動しましょう」

匡はすぐに目を逸らして人の流れに沿って歩き出し、首飾り捜しを再開した。しかし、結局見つからずに、十二時には博物館を出る。

「なかったなぁ」

「はい」

「とりあえず飯でも喰うか」

「そうですね」

二人は、近くのカフェで昼食を買い込んで外で食べることにした。ローストビーフサンドやアボカド&シュリンプサンドなど、挟んであるのは贅沢なものばかりでボリュームもかなりある。サンドイッチを四つ買い込み、サラダとコーヒーもつけた。そして、今来た道を戻って博物館の隣にある小さな公園に向かう。

「あの辺に座るか」

「立ち入り禁止……じゃないみたいですね」

青々とした芝生が目に眩しく、中まで入っていって腰を下ろした。ハート型をしたカツラの葉は鮮やかな緑色をしており、爽《さわ》やかな風を感じる。木陰になっているため、真夏の太陽もいい具合に遮られて心地好い。

両脚を前に放り出し、買ってきたものを膝に置いた。すると、キファーフは隣にしゃがみ込んで袋の中を漁る。

「お。旨そうだな。お前、ローストビーフサンドだったよな。これとこれとこれが俺っと。ほら、お前のコーヒーとサラダ」

「あ、すみません」

中身を取り出すと、さっそく包みを開けた。

実は今日これからもう一ヵ所、美術館に行く予定になっていた。規模は小さいが、日本やエジプト、ローマなどの古代の宝飾品が一堂に集められている。少し遠いが、電車を使えば閉館の一時間前には入館できるだろう。

「お、こりゃ旨《うめ》ぇな。でっかいエビが入ってる」

キファーフは、大きな口を開けてサンドイッチにかぶりついた。豪快な食べ方を見てハッとなり、目を逸らす。

「そ、そういえば、さっきターバンみたいなのを巻いた男の人がいましたよ。エジプト展だから、中東のほうの人も多いんですかね」

匡の言葉に答えはなく、その代わりにスッと手が伸びてきて唇の横を親指でなぞられた。

心臓が止まりそうになり、上ずった声で抗議する。

「な、なんですか?」

「ソースついてんぞ。ガキめ」

拭き取ったソースがついた親指を、キファーフはべろりと舐めた。その仕種に顔がカァ……ッ、と熱くなる。それを誤魔化《ごまか》そうとサンドイッチにかぶりつくが、上手く飲み込めずに咳《せ》き込んでしまう。

「何慌ててんだよ、ったく」

「すみません」

「慌てて喰うからだよ。ほら、コーヒー」

「ありがとうございます」

キファーフは、一つ目をペロリと腹に収めると、今度はハーブチキンサンドの包みを開けて豪快にかぶりついた。咀嚼《そしゃく》するたびに、奥歯のある辺りに力が入ったのがわかり、男臭い揉み上げから無精髭のラインが動く。

見てはいけないと思いながらも、視線を奪われるのをどうすることもできない。

その時、駐車場のほうから野良猫がゆっくりと歩いてくるのが見えた。茶トラ模様で、かなり汚れていて毛がボサボサだ。右の耳先がちぎれていて不遜《ふそん》な顔をした猫は、サンドイッチに興味があるようで、少し距離を置いて座る。

キファーフがチキンをちぎって差し出すが、警戒してそれ以上近づいてこようとはしなかった。だが、食べたそうだ。

「喰わねぇのか～？」

猫はキファーフを警戒しているのか、迂回《うかい》するように匡に近づいてきてちんまりと隣に座

った。ローストビーフを差し出すと、鼻を近づけてクンクンしてから素直に食べる。

「お。喰いやがった」

味をしめたのか、今度は匡の膝に乗ってきてもっとくれとねだった。もう少し分けてやるが、食べ終わっても匡の膝から退《ど》こうとはせず、とうとう丸くなってくつろぎ始める。

「お前が無害ってのは、猫にもわかるみてぇだな」

「そうなんですかね」

「こうしてると、王子の形見を捜すのを忘れちまいそうになる」

「え……」

匡は、息を呑んだ。

(それは……どういう意味なんですか)

口にはしなかったが、その心は揺れ動いていた。

忘れて欲しい。王子の形見捜しなんて、やめてしまいたい。

いや、王子を忘れて欲しいのかもしれない。

けれどもそう思うのと同時に、王子を忘れて欲しくないという気持ちもどこかに存在するのだ。支離滅裂だが、キファーフを好きになってしまったからこそ、同じ想いを抱いていた王子の気持ちに同調してしまう部分がある。

匡の中で、王子とキファーフの夢は夢ではなくなっていた。キファーフの記憶が流れてきたものだとしか考えられないくらい、リアルだった。何度思い出しても、あれがただの夢だとは思えない。

息が詰まるような二人の関係。

だからこそ、死んだ後もずっと覚えていて欲しいのだ。

「あー、喰った喰った。やっぱ日本の飯は旨いなぁ」

キファーフが横になると、匡は盗み見るように視線をやった。満腹になって気持ちいいのか、目を閉じてしまっている。このまま寝てしまいそうだが、起こす気にはなれなかった。

膝に野良猫を乗せて座ったまま、寝顔をじっと見る。

このところ目を合わせないようにしていたため、こんなふうにその表情をまじまじと見るのは久し振りだ。自分とはまったく違う男らしい顔。その精悍な顔立ちは、芸術的ですらあり、同時にただの造り物ではない生命力がもたらす美しさも感じた。

（まだ、王子のことが好きなんですよね？）

心の中で問いかけるなり、いきなり目が開いて匡は慌てて目を逸らした。まさか心の声を聞く能力があるのかと焦るが、キファーフは呑気にあくびをする。

「あ〜。このまま寝ちまいそうだ」

「い、行きましょうか。そろそろ移動しないと」

「どうした急に」

「美術館の閉館に間に合わなくなります」

「おい、匡」

「ごめんね、野良ちゃん」

猫を膝から下ろして立ち上がり、ゴミを袋に詰めて近くにあったゴミ箱に放り込んだ。キファーフが怪訝そうな顔で自分を見ているのがわかるが、目を合わせるとおしまいだとばかりに頑《かたく》なに顔を見ないようにする。

「お前、最近なんかおかしくねぇか？」

「そんなことありません」

「そうかぁ？」

顔を覗き込まれ、心の中まで見透かされそうで目を逸らす。

「お前、やっぱりおかしいぞ」

「そんなことありませんよ。行きましょう。王子の首飾り、あるといいですね」

逃げるように歩き出すと、キファーフはすぐに追いついてきた。隣に感じるその気配に、心臓は落ち着かない。匡にできるのは、ただ逃げることだけだ。

だが、そうするにも限度がある。いつまでも誤魔化し続けられるはずはないのだ。わかっているがどうすることもできず、状況は悪化するばかりだ。

そして、とうとう限界はやってくるのだった。

「おい、匡」

仕事を終えて会社から帰ったばかりの匡は、キファーフの声に振り返るなり硬直した。クローゼットにしまおうと脱いだスーツの上着が、手から滑り落ちる。

「あの……」

不機嫌なのは、ひと目でわかった。このところ、遠出をして美術館や博物館を回ったり、海外の博物館に収められている品物を図書館やインターネットで見たりしているが、一向に王子の形見の品は見つからない。だが、不機嫌の理由がそれではないのはわかっている。

キファーフの怒りの原因は、よそよそしい匡の態度だ。

「今日こそはっきりさせてやる」

「あの……」

「いい加減堪忍袋の緒が切れた」

「か、堪忍袋の緒が切れるなんて、よくそんな日本語知ってますね」

どうしていいのかわからず妙なことを口にしてしまい、キファーフの怒りはさらに大きくなったようだ。迫り来るキファーフを見て、ゴクリと喉を鳴らす。

帰ってきたばかりだというのに、今すぐ会社に出勤したくなる。

「おい、匡。最近俺を避けてやがるだろう。特にここ二、三日は酷《ひで》ぇぞ。いったいどういうわけだ？」

「別にそんなこと……」

「ないって言えるのか？　え？」

目鼻立ちがはっきりしているため、問いつめられるとかなりの迫力だ。今日こそはっきりさせるという強い意思が鋭い眼光に表れており、その視線に晒されていると全部正直に吐いてしまいたくなった。全部言って、楽になりたい。

だが、できるはずもなかった。

誰を想っているかわかっている相手に、自分の気持ちなど言えるはずがない。しかも、男同士だ。王子は特別だろうが、男が男に告白されて嬉しいはずはない。ナンパしに街に出かけた時、その対象が女性だったことからもよくわかる。

（逃げよう）

鋭い視線に耐え切れず、匡はゆっくりと近づいてくるキファーフの横をすり抜けて玄関に向かおうとした。

「い、行ってきます」

混乱するあまり、会社に行く時にかける言葉を残してさらなる怒りを買う。

「何が『行ってきます』だ。意味不明なんだよ、この昼行灯！」

「……ぁ……っ！」

いなり後ろから抱きつかれ、躰をまさぐられる。自分の気持ちを自覚してから、こうして押し倒されるのは初めてで、心臓はすごい速さで跳ねていた。まさに、口から飛び出しそうなほどに。

「どういうことか吐かねぇと、悪戯するぞ」

「だから……なんでも……」

「ないわけねぇだろうが」

「ぁ……、嘘じゃ……、はぁ……」

「え？　どうなんだ？　どうして俺を避けるんだ？」

「それは……、……はぁ、……ぁ」

このままでは、どうにかなってしまいそうだ。だが、やはり言えない。絶対に言うわけにはいかない。

唇を強く噛んで身を固くするが、意地を張った態度が面白くなかったらしい。

「白状するつもりはねぇようだな」

それなら容赦はしないとばかりに、ネクタイを緩められて引き抜かれる。ワイシャツをスラックスから引き出され、ボタンも次々と外された。なんとか阻止しようとするがキファーフの力は強くて、どんな抵抗も意味をなさない。

だが、天の助けなのか運命の悪戯か、ちゃぶ台の上にランプが置いてあるのが目に留まった。咄嗟に手を伸ばし、ランプを摑んで擦る。

「あ！　てめぇ、何しやが……、――うぉぉぉぉおおおお……っ！」

キファーフは、あっという間にランプの中へと吸い込まれていった。

自力で出られることはわかっていたが、とりあえず目の前の危険を回避しなければ話にならない。

（た、助かった）

シャツは半分脱がされ、スラックスも下ろされかけてメガネも大きくずれた状態で脱力した匡は、安堵のあまり深い溜め息をついた。けれども、これからどうしたらいいかわかっていないのも事実だ。

行き当たりばったり。

この行き着く先がどこなのか、まったく見えない。

『てめぇ、簡単にランプを使いやがって！』

「で、出てこないでください」

『その頼みは聞けねぇな。おとなしく俺をここから出しやがれ』

「無理です」

『だったら自分で出る！』

もくもくと煙が出てきて、キファーフの上半身が中から出てきた。慌ててもう一度ランプを擦ってキファーフが出てくるのを阻止する。傍から見れば少々グロテスクで笑いを誘う光景ではあるが、匡は大真面目だ。

「お願いですから、出てこないでください！」

「――うぉぉぉぉ……っ！　おい、やめねぇか！」

キファーフは再びランプの中に入っていくが、抵抗しているらしく、先ほどのように一気に吸い込まれてはいかない。さらにランプを速く擦る。

「クソ……ッ、匡、……っく！」

以前、キファーフは自力でランプから出るのは体力がいると言っていた。しつこくランプを擦っていれば、そのうち疲れて出てこようとは思わなくなるだろうと気づいたのだ。その間に逃げればいい。

「おいこら、どこを擦ってやがる！」

「どこって……」

「そこ！　てめぇ、わざとやってんな！」

言われてようやく思い出した。自分には、ランプを擦った時にピンポイントでキファーフの股間を擦ってしまうという妙な才能があることに。しかし、もう遅い。

「そんなに襲って欲しいなら、望み通り襲ってやる！」

「ち、違います。違います」

そんなつもりはないが、こうなってしまえばこれ以上キファーフが出てこないようランプを擦るしかない。

「こら、そこは俺の股間だっつってんだろうが……、――っく！」

キファーフの目元が赤くなった。男っぽい苦しげな声が漏れる。明らかに匡に刺激されていることが原因だ。

「すみませんすみません」

「――っく、何がすみませんだ。……てめぇ、もう……限界だ！」

「うわ……っ！」

一気に煙が外に放出された。こんな勢いで出られたら阻止できない。勢い余って尻餅をついた匡は、辛うじて右の耳に引っかかっていたメガネを両手で摑んでかけ直し、顔を上げた。

目の前には、怒りに満ちた顔でキファーフが仁王立ちしている。

匡に散々擦られた股間も、怒り心頭だ。

（もう、駄目だ……）

鎌首をもたげている股間のものを見上げ、尻餅をついた状態でジリジリと後退りする。

「あの……」

不敵な笑みを漏らすキファーフは、凶悪なまでの色香を放っていた。蜂蜜《はちみつ》のように濃厚なそれは、舌の上に載った途端、口の中に広がる。ただ甘いだけではなく、どこかほろ苦さを伴って口にした者を酔わせる危険なものだ。

「誘ってくれてありがとうよ。せっかくのお誘いだからな、断るわけにはいかねぇな」

「違います」

「じゃあ言え！　なんで俺を避けるんだよ。え？」

「だから……」

「言わねぇなら、躰に聞いてやる」

「待……っ、……ぁ……っ」

のしかかられ、床に押さえ込まれるようにして自由を奪われた。今度は、ランプは手の届かないところまで転がされ、完全に逃げる術を奪われる。さらにベッドまで引きずっていかれた。

「意外に強情だな。どこまで耐えられるか試してみるか？」

「キ、キファーフさん、待ってください」

「待てねぇなぁ」

勃起した股間を押しつけてきて、その大きさを誇示される。あまりに卑猥なキファーフに匡の心臓は破裂しそうだった。痛いほど、激しく跳ねている。

「どうせならギャラリーのいるところでやるか？　俺が絨毯で運んでやるぞ」

「……っ」

「街のど真ん中でショーをおっぱじめるってのもいいな。お前のあそこをみんなに見てもらうってのもアリだろ？　俺のぶっといズッキーニを咥《くわ》え込んで、きゅんきゅんしてるところを見てもらうってのはどうだ？」

「ぁ……、嫌、です……、……そんな……」

次の瞬間、魔法の絨毯が出てきた。キファーフは本気だ。本気で他人のいるところで行為に及ぼうとしている。

「待ってくださ……」

匡は必死で足掻いた。

嫌なのではない。その逆だ。たとえ他人が見ている場所でも、これ以上躰に火をつけられるとどうなってしまうかわからない。浅ましく求めてしまうかもしれない。

他人が見ていても、泣きながらキファーフを求めてしまいそうだ。

「じゃあ言え。なんで俺を避ける。え？」

絶対に言わないと決めていたが、ここまでされると観念するしかなかった。人前で醜態を晒すよりは、こっぴどくフラれたほうがマシかもしれない。

「キファーフさんが……、……っ」

「俺がどうした？」

「王子の……形見を見つけたら……」

「あ？」

「王子の形見を……目的を果たしたら、どうするんだろうって……」

さすがにダイレクトに気持ちを言葉にできず、これまでずっと考えてきたことを少しずつ言葉にしていく。

「どうするもこうするも、俺の主はお前だろうが。何言ってんだ？」

「でも、それで……いいんですか？　……ぁ……、……俺なんか……王子に比べたら、貧乏だし、……地位もないし、鈍臭いし」

「何言ってんだ？　あいつも結構鈍臭かったぞ」

キファーフの重みが、ゆっくりと消えていった。慌てて身を起こし、剝き出しになった肩にワイシャツを羽織り直し、前をギュッと握ったまま続ける。

「王子のことが、今も好きなんですよね？　王子の形見を見つけたら、王子のいた国に帰りたいんじゃないんですか？」

目を見ることができず、匡は床に視線を落とした。キファーフが何も言わないため、自分の言ったことは図星なのだと思い、無意識に表情を曇らせる。

それが望みなら、ちゃんと叶《かな》えてやらなければと思った。主から離れられないという現実が立ちはだかっているが、知恵を出し合えばいい考えが浮かぶかもしれない。

そう思うと、さよならの瞬間を想像してしまい、鼻の奥がツンとなった。涙まで溢れてきて、情けなさに打ちのめされた。

「そりゃ嫉妬《しっと》か？」

「え？」

あっけらかんとしたキファーフの声に、匡は顔を上げた。呆れたような顔で見下ろされていることに気づいて顔が真っ赤になり、再び目を逸らす。

社会的地位も財産も色気もないこんな貧相な男が告白なんて、やはり大それたことだったのだと、自分の気持ちを言ってしまったことを激しく後悔した。

言わなければよかった。

その思いだけが心の中に広がっていく。

「お前、王子に嫉妬してたのか」

「す、すみません」

「なんで謝る」

「すみません」

「だからなんで謝るんだって聞いてんだよ」

「わかりません。でも……キファーフさんは、王子のことを……」

「ああ、確かにな。俺はナウィームを狙ってた。喰ってやろうと何度も思ったよ。実現しなかったが、頭の中では何度もやってた」

その言葉に、胸が苦しくなった。『狙う』だの『喰う』だの言っているが、キファーフの気持ちはそんな言葉で形容できるほど軽くはない。そのくらい、わかる。

「だけどな、匡。千年も前の話だ。あれから、千年も経っちまったんだよ。お前らの何百倍も生きるってのに、好きな奴が死んだら二度と人間を好きになっちゃ駄目なのか？　ずっと死んだ奴のことだけ考えて、一生過ごさねぇといけねぇのか？」

畳みかけるように聞かれ、匡は首を横に振った。そんなふうには考えていない。ただ、キファーフが今も王子を好きなら、その気持ちは匡には止められない。それが事実だ。

「言っただろうが。お前といると、王子の形見を捜すのを忘れちまいそうになるってな」

「え……」

「あいつを完全に忘れることはできねぇが、お前といる時は、お前のことだけ考えられるんだよ」

噛み締めるように吐露された言葉は自分が想像していたのとは違っていて、匡は聞き違いかと思った。にわかに信じられず、キファーフを凝視する。

本当だろうか。

本当に、そうなのだろうか。

匡が固まったままあまりにも動かないため、おかしかったのだろう。キファーフは軽く嗤《わら》った。その表情は今の言葉が聞き違いでないと思わせるものだが、それでも信じることができない。

「いつも寝癖つけてやがるようなぼけっとした昼行灯だ。鈍臭いわ、チンピラに絡まれて金は取られそうになるわ、色気はねぇわ、惚れる要素なんてこれっぽちもないってのにな」

滅茶苦茶《めちゃくちゃ》な言われようだが、キファーフの目は優しかった。愛情を感じる目だ。

ときどき、こういう目をするから、魅かれる。

見た目の格好よさや、男らしい色香だけがキファーフの魅力ではない。

「お前と暮らしてるうちに、気づいたんだよ。無欲で、俺がどんな宝を持っていようが興味を示さねぇ。なんでもプラスに解釈するお前みてぇなのは、そういないってな。ほっとくと、どんな悪党に騙されるかわかんねぇ。俺がちゃんと見ててやんねぇと、また変なもん買わされた挙げ句に居座られて、貞操まで奪われちまう」

「そ、それは……、キファーフさんの……ことです」

思わず言うと、キファーフは匡の言うことも尤《もっと》もだとばかりに笑ってみせた。

「ナウィーム以外の男を好きになるなんて、薄情だと思うか？」

「そ、そんなふうには……思ってません」

譫言《うわごと》のように、匡は呟いた。

人の何倍も長く生きるキファーフに、ただ一人を想い続けろなんて言えない。言うつもり言うつもりもない。人よりもずっと長く生きるからこそ、新しい恋が必要なのだ。

「王子以外の人間を、お前を、好きになったら駄目か？」

「駄目……じゃないです。駄目なんかじゃないです」

声が震えていた。だが、今自分の気持ちを伝えないと後で絶対に後悔すると思い、必死で自分の想いを口にする。

「駄目じゃない、から……、だから、好きに……なってください。王子のことも、無理に忘れなくていいから……お、俺のことを、好きになってください」

匡の言葉に、キファーフは目を細めて笑った。

「もうなってるよ、この昼行灯」

心が震えていた。

ベッドに仰向けに寝かされた匡は、上から自分を見下ろすキファーフの熱い視線を浴びて躰を熱くしていた。まだ見られているだけなのに、心は反応し、それは躰の変化となって表れる。メガネを優しく奪われて床に置かれると、心臓はますますうるさく鳴った。

キファーフに聞こえているのではないかと思うほどに……。

「久々のごちそうだ」

赤い舌先を覗かせて舌なめずりをするその姿に、これからされることを考えずにはいられなかった。それは嵐のように激しく、匡の理性などあっという間に呑み込んでしまう。

凄絶な快楽。衝撃。

肉欲という意味だけではなく、精神的な部分から侵食され、すべて奪われる。情熱的な恋愛などとは無縁だった匡だが、我を忘れるほどの快楽の味は知っている。

「昼行灯かと思ってたが、やっぱりそれだけじゃねぇな。いい表情だ」

「あ……っ」

「お前みたいなぼけっとしたのが相手だと、悪さしてる気分になる」

耳許で揶揄され、首筋の辺りがぞくっとなった。肌が敏感になり、微かに吐息がかかっただけで水面にさざ波が立つような快感に震える。

どうなってしまうのかと思った。たったこれだけでも、声を抑えるのがやっとなのだ。一度躰を繋いでいるとはいえ、あの時はただ流されるまま受け入れただけだった。けれども、今は違う。好きになってしまった。

心が伴った今、この先に待っているものがなんなのかまったく予想がつかない。未知の場所に足を踏み入れるようなもので、いつもぼんやりしている匡でもさすがに身構えてしまう。

「あの……っ」

「なんだ？　今さら待ったなんて言うなよ」

目を合わせたままワイシャツの下に手を入れられ、匡は身を固くした。

「どんな悪戯してやろうか？」

ほくそ笑むキファーフに、そろそろとワイシャツを剝がされる。

肌が外気に晒されていくと、羞恥も大きくなっていった。自分の貧相な躰なんて見て楽しいのだろうかと思うが、キファーフは匡の心を読んだかのように、そんな思いをあっさりと否定してくれる。

「なまっ白い躰ってのは、そそるな。血管が透けて見える」

その視線は、腕の内側の日の当たらない部分に注がれていた。そこには青みがかったラインが浮かんでいて、静脈が通っているのがわかる。匡からすると、褐色の肌をしたキファーフの肉体のほうが何倍も魅力的だが、口にしなかった。

そそると言ってくれたその気持ちを、否定してはいけない気がする。

「握ってくれよ」

手を取られ、握らされた。どうしていいのかわからず、柔らかく包み込むようにしていると、手の上から強く掴まれる。

「こうしたほうが、どんくらい硬いかわかるだろうが」

既に硬くそそり勃っているそれは隆々としており、これを自分の中に深く収められた時のことを思い出して下半身がジンと熱くなった。

中をいっぱいにされる感覚は、躰がちゃんと覚えている。

我を忘れてしまう瞬間だ。夢中になり、求めてしまうだろう。

「どうだ？　わかるか？」

硬く勃起したその形を手で確かめろとでもいうのか、誘導するように、匡に自分を握らせたままキファーフはゆっくりと上下に擦り始めた。目と目を合わせたまま、その雄々しさを実感させられて目許が熱くなる。

こんなふうに、手で味わわされることもあるのだ。握らされただけでこんなにも感じるなんて自分はどうしてしまったのだろうと思いながらも、次第に手に力を籠《こ》めてキファーフの形を味わっていた。

「いいぞ、匡。色っぽい顔になってきたぞ」

「あ、あの……」

「握って感じたか？」

「……っ！」

「当たりだろう?」

なんて悪い男なのだろうと思った。こんな自分を暴いてしまうなんて、なんていけない男なのだろうと……。

けれども、恥ずかしい思いをさせられているのに気持ちは昂るばかりで、やめようとは思わなかった。むしろ、もっと恥ずかしい行為を望んでいる自分がいる。

「お前の尻にぶち込んで、たっぷり注いでやる」

耳朶《じだ》に唇を軽く触れさせながら囁かれると、匡は言葉にできない昂りを感じた。

「……匡」

自分の知らない自分を暴かれてしまう。見たこともないような、はしたない自分を発見して暴かれてしまう——そんな思いに急《せ》き立てられるように、欲望は急激に大きくなっていった。

「ぁ……っ」

膝で膝を割られ、互いのものを擦り合わせるように腰を押しつけられる。キファーフの手の中で二人の屹立が擦り合わせされ、匡の躰はびくんと小さく跳ねた。その反応に満足したように、さらに卑猥な腰つきで刺激を与えられる。

「あ、あ、……あっ」

「覚悟しろよ」

「ん……」

まさに奪われるという言葉にふさわしい激しさで唇を重ねられ、中心をゆっくりと擦られながら口内を蹂躙《じゅうりん》された。

「うん、んっ、……んっ、……うん」

濃厚な口づけに、どう息をしていいのかわからなくなり、喘《あえ》ぐように唇を開く。そして、縋《すが》るように厚みのあるキファーフの舌に吸いついた。

「んぁ……、……はぁ……、……うん、んっ、……ん」

目尻から涙が伝って落ち、首筋を濡らす。

「はぁ……」

一際大きく喘ぐのと同時に電気が消され、ベッドの周りにはキャンドルが次々と現れた。さらに、淡いベールのような布がベッドを取り囲み、キャンドルの光をより淡く幻想的に魅せる。

キファーフの魔法だ。

生活感溢れる部屋は、秘め事のために用意された寝室へと早変わりした。ここが自分のマンションであることを忘れてしまいそうだ。この世に、二人きりになった気分になる。

誰も見ない。誰もこの行為を咎《とが》める者はいない。

どれだけ溺れようが、構わないのだ。貪り尽くすために用意されたような部屋で、好きな相手と二人だけの夜を過ごしている。

「たまにはこういうのもいいだろう?」

ゆらゆらと揺れるろうそくの炎が、キファーフを照らしていた。その男らしい骨格や彫りの深い顔立ちが、より鮮明に浮かび上がってうっとりするような表情を見せている。

「俺の灼熱の秘宝をたっぷり味わわせてやる。あそこが火傷《やけど》するほどにな」

「……っ」

ロマンチックな雰囲気を台なしにするような、あからさまな言葉だ。だが、なぜか心はとろとろに蕩けてしまっている。

「あ!」

いきなり中心を口に含まれ、匡は息を呑んだ。なんの迷いもない行動に驚きながらも、そんな思いはすぐに凄絶な愉悦の渦に呑み込まれてしまう。

「あの……、あの……っ、——ぁ……っ!」

キファーフの舌は、ビロードのようだった。優しく包み込まれ、柔らかな刺激を与えられる。けれどもその快感は、決して柔らかなものとは言えなかった。

躰の中心に高温の火種を置かれたようだ。ジリジリと焼きつくそれは、匡を身悶えさせた。上半身をくねらせて逃げようとするが、次第に腰を突き出すような格好で求めてしまう。

もっとしてくれと、本音が次々と溢れ出して止まらない。

「あ、あ、……待……っ、……っく、……ぁあ」

なんとか自分を保とうとするが、そうするほどに理性は匡の手から離れてどんどん遠くにいってしまう。

「ぁあ……っ！」

より大きな声が漏れると、キファーフが喉の奥で笑ったのが聞こえた。反応を楽しんでいるらしく、躰が小さく跳ねるたびに弱い部分を責められる。堪え切れなくなり、指を嚙んで声を押し殺そうとするが、そうさせまいとばかりに舌はさらに匡全体を包み込むように絡みついて、まるで舌そのものが生き物のように這い回る。

「ぁ……、あ、あ、……ぁあ、あっ」

呼吸が小刻みになり、涙が溢れた。

匡の反応から、限界はそこまで来ているとわかったようだ。弱い部分への愛撫は執拗《しつよう》さを増し、あっという間に絶頂が近づいてくる。

「……っく、……あの……、……あの……っ、——ぁあ……っ！」

次の瞬間、匡は白濁を放っていた。自分でも、信じられない。

「もう出しちまったか」

ぺろりと唇の端を舐めながら身を起こしたキファーフの表情は、凶悪な色香を滴らせていた。獲物を仕留めて満足した獣のように、ゆっくりと口の周りを舐めてみせるのだ。

きっとこれからすごいことをされる――そんな予感を抱かせる表情だった。これ以上すごいことなどあるのだろうかと思いながらも、どこかそれを望んでいる自分がいる。

「濃かったぞ」

言いながら俯《うつぶ》せになるよう促され、素直に背中を見せた。背後にキファーフの気配を感じるのと同時に、その首にいつもかけている宝飾品が背中に当たる。

「明日は、会社に行くのは諦《あきら》めろ」

その言葉に、今日はとことん愛されるのだとわかった。

手を滑らせるようにしながら尻を掴まれ、ゆっくりと揉みほぐされる。はんのりと甘い香りがしたのは、キファーフが潤滑油を出したからだろう。

「上等なオイルだ」

高い位置から背中にオイルを垂らされる。それは、背筋をなぞるように下のほうに伝っていき、腰の辺りで留まった。舌先で愛撫されているようで、ぞくぞくとした甘い戦慄《せんりつ》に鳥肌が立つ。これだけでも我を忘れそうだというのに、さらにオイルが足される。今度は膨らんだ双丘に垂らされ、割れ目に向かって流れていき、蕾を濡らした。

「ぁあぁ、……ぁあ、……っ、ぁあ……、……はぁ……っ、……はぁ、……あぁ」

あっという間にそこは熱くなり、むず痒さに包まれる。ぴくん、ぴくん、と筋肉が軽く痙《けい》攣《れん》し、無意識に尻を突き出した格好でもっと垂らしてくれと求めていた。

「あ、あ、あっ」

尻の割れ目にあてがわれ、挿入はせずに双丘で屹立を挟むようにして前後に腰を動かされる。ぬるぬるにされたそこは、微かに濡れた音を立てていた。

耳を塞ぎたくなるほどの卑猥な音だ。

「こいつが欲しいか？」

「ぁ……っく、……はぁ……っ、……っく……、……んっ」

欲しがる躰は匡の意思と無関係に小刻みに震え、言葉にせずとも十分に伝わるほど求めていた。

「ぁ……っく、……ぁ」

「後ろから挿入してやる」

囁かれ、甘い期待が心に湧《わ》き上がるのを感じた。あんな言い方をされて昂るなんて、どうかしている。

「いい眺めだよ」

「あの……み、見ないで……ください」

「それは無理な相談だ」

クス、と笑う気配に、ぞくっとした。シーツを摑んだ手に力を入れてしまうのは、怖いからなのか、それとも何かを期待しているからなのか。

「好きだぞ、匡。あいつを忘れろって言わねぇところが、お前らしい。そういうところに、惚れたんだよ」

「……ぁ……っ！」

「ちゃんと覚えてろ。俺が今求めてんのは、お前だ」

その言葉に、躰はいっそう燃え上がった。

もう、どうなってもいい。躰が壊れてしまってもいいから、全部見て欲しい。全部、教えて欲しい。どれほどの情熱を抱いているのか、躰で教えて欲しかった。

「早く……」

信じられないことに、自分からせがんでいた。こんな言葉を口にするなんて、きっと後で後悔する。

わかっていても、欲しかった。熱い猛《たけ》りで自分を貫いて欲しい——押さえ切れぬ欲望に突き動かされるように尻を突き出して、より大胆に求めた。

「かわいいじゃねぇか。そんなに俺が欲しいなら、たっぷりかわいがってやんねぇとな」

先端をあてがわれ、ジリジリとねじ込まれていく。

「ぁ……っく、……あっ、あ、……ぁああ」

匡は、自分を引き裂く熱の塊に翻弄されながらも少しずつ呑み込んでいった。一気に貫くのは勿体《もったい》ないというような、じっくりとした動きだ。だが、最後は一気に根元まで深々と収められる。

「——ぁあっ！」

尻がびくびくっと痙攣を起こし、無意識にキファーフの猛りを締めつけていた。後ろで太さを味わわされ、躰はこれまでにないほど歓喜している。

「たまんねぇな。吸いついてきやがる。前にやった時より、数段いい」

髪を梳《す》くように、うなじから後頭部のほうに指を滑らされてぞくぞくとなる。さらに髪の毛をやんわりと摑まれ、上を向かされて被虐的な気持ちを煽られていた。躰を反り返らせ、半ば無理な体勢のままゆっくりと前後に揺すられる。

首筋に軽く歯を立てられ、匡は震えながら自分の中を満たすものを喰い締めていた。

「ぁあ、あ、あぁ、……ぁあ、あっ、あ、あっ！」

捕らえた獲物をいつ仕留めようかと、喉笛に牙《きば》をあてがわれているようだった。いつ息の根を止められるかわからない状態で、危機感を煽られる。

キファーフの舌が首筋を這い回り、唇が肌をついばむのを震えながら感じていた。敏感な肌は、キファーフがどう愛撫するのか、ほんのわずかな感覚にすら反応してしまう。

「そんなにイイか？　まだまだこれからだぞ」

ゆっくりと腰を前後に動かされ、匡は繋がった部分がはしたなくキファーフにむしゃぶりついているのを感じた。求められる以上に、求めている。

「はぁ……、んぁ、……駄目……、駄目……っ」

「何が駄目なんだ？」

「駄目……、……駄目」

それ以外、何も言葉にならなかった。何が駄目なのかわからないが、そう口にせずにはいられない。

「こっちは、嬉しそうだぞ」

ぐっと奥を突かれ、繋がった部分を指でなぞられる。

「ぁあっ」

「きゅんきゅん吸いついてきやがる。こんなに貪欲な躰してたなんてな」

卑猥な言葉に加え、腰つきもより卑猥になり、中をかき回される。顎に手をかけられて振り向くと、キファーフは牡《おす》の色香を滴らせていた。

美しくも危険な男。

自分は、いったい何に喰われているのだろうと思った。その言動から普段は神秘的な存在だということを忘れがちだが、今はまるで神に所望されている気分だった。絶対的な存在に、求められている――。

人ならぬ者を受け入れている事実に戸惑いながらも、悦び、貪り、匡の理性は手の届かぬところへ向かっていた。一度手放すと高みに上りつめるまで触れることすらできなくなるが、わかっていても、そうせずにはいられない。

「匡……」

「──ぅん……っ」

情熱的に唇を奪われた。より腰を使われ、匡は腰を反り返らせて自分からもキスを求めた。

奥に屹立の先端が当たるたびに、絶頂が近づいてくる。

「ん、……ふ、……んんっ、んっ、んっ、んっ！」

「そろそろ、……いいか？」

キファーフも限界のようで、男っぽく掠れた声で言われた。視線を合わせて自分も同じだと訴えると、これまで以上にワイルドに突き上げられる。

「んぁ、……ぁあ、……はぁ、ぁあ、あ、あ、──んぁぁぁあ……っ！」

迫り上がってくるものに身を任せ、匡は熱いほとばしりでシーツを汚した。俯せになったまま息も絶え絶えになっていると、ゆっくりと後ろから体重をあずけられる。

その重みを感じながら、匡は幸せな気持ちで満たされた。

やっとだ。

やっと想いを遂げられた。

行為が終わった後、こんなふうにキファーフの体温を感じていられることが嬉しくてならない。あまりの幸せに、匡は心の奥から湧き上がってくる気持ちをそのまま吐露した。

「ずっと……こうしたかった」

自分の手に、キファーフの手が重ねられるのをぼんやりと眺める。

「俺もだよ」

耳許で囁かれた言葉に心地好さを感じ、匡はゆっくりと目を閉じた。

# 4

普段からぼんやりしている匡が色ボケすると、とんでもないことになる。

この数日で、匡はそれを思い知ることとなった。

「あ、猪瀬さんっ！」

名前を呼ばれたと認識するのと同時にゴン、とすごい音がし、匡は額を押さえながらしゃがみ込んだ。

「……痛い」

ぶつかったのは、トラックの荷台の扉だった。海外から到着した荷物を倉庫に運び入れている途中で、運送会社の作業員が慌てて駆け寄ってくる。

「大丈夫ですか？　今すごい音がしましたよ」

「はい、平気です。すみません、ぼんやりしてたもんですから」

そう言ってはみたが、触るとたんこぶになっていた。前を向いていたはずなのに、なぜ自分から突っ込むのか……。

我ながら情けなく、ジンジンとした痛みを我慢しながら事務所に戻り、帰る準備を始めた。

営業車に積んだサンプルのリストを倉庫の主任に渡し、デスクの上を片づける。

「じゃあ、お疲れさまです」

オフィスに声をかけて会社を出ると、ぼんやりしながら電車に揺られ、ぼんやりしながら改札を潜ってぼんやりしながらマンションまでの道のりを歩いた。ぼんやりしすぎて夕飯を買って帰るのを忘れてしまったが、気づいた時には玄関を潜っている。

会社からどうやって帰ってきたのか、よく覚えていない。

「ただいまー」

部屋にキファーフはいなかった。部屋の明かりはついておらず、エアコンもスイッチが入っていない。

「キファーフさーん」

何度か呼ぶが返事はなかった。どこに行ったのだろうと思い、なんとなくちゃぶ台の前に正座して惚ける。いや、幸せを嚙み締めていると言っていいのかもしれない。

キファーフと出会ってまだ二ヶ月あまりだというのに、匡は長年想い続けてきた相手と結ばれたような気持ちになっていた。一年や二年ではない。もっと長い時間だ。

自分の気持ちに気づいてから戸惑い、もうこの世にはいない王子に嫉妬し、好きになっても無駄な相手だと悟り、そしてそれを気づかれまいとキファーフを避けながらもその魅力に魅かれるあまり盗み見したりした。平穏な日々を送ってきた匡にとって、そんないろいろな感情に振り回されるのは初めてで、だからこそ一人ぐるぐるしていた時期が実際のもの以上に長かったように感じるのだろう。

キファーフのことが、それだけ好きになっていたのだ。昔からのんびりとした性格で情熱的な恋愛をするタイプではなかったため、今の自分に驚いている。だが、平穏だけの日々より今のほうが幸せだと感じているのも事実だ。

そして、ふと自分がベッドで口にした言葉を思い出した。

『ずっと、こうしたかった……』

いくら幸せだからとはいえ、よくあんな台詞を口走ったものだと思い、急に恥ずかしくなる。あの言葉は、心の奥底から自然に湧き上がってきたものだ。積み重ねてきた想いが報われた喜びを、無意識のうちに吐露していた。

実は乙女体質なのかと、二十七年間知らずにいた自分の一面に驚きを隠せなかった。キファーフと出会っていなければ、気づくこともないままだっただろう。

そう思い、あの幸せな時間を思い出して悩ましい溜め息をつく。

どのくらいそうしていただろうか。ふと、ちゃぶ台の上に小さな壺が置かれていることに気づいた。ずっとここにあったのに、今頃気づくのが匡らしい。恋をして多少変わっても、匡は匡だ。

「なんだろう?」

匡は、それを手に取った。そしていろいろな角度から観察する。

素材は陶器のようで、サイズのわりに重くて口の部分は細長く上に伸びていた。持ち手が耳のように二ヵ所ついていて模様が顔のように見える。高価なものではなさそうだが、形も模様もかわいらしい。

「キファーフさんのかな？」

魔法の絨毯やいろいろなものを持っているため、何か新しいアイテムでも出したのだろうかと思い、中を覗いた。振るとカラカラと音がし、中に何か入っているのがわかる。

『痛い！』

「わ！」

突然壺の中から声がして、匡は反射的にそれを手放してしまった。すると壺の口から丸い木の実のようなものが転がり出てきて、ポンッと煙を上げて弾ける。

「こらぁ！　乱暴に扱うんじゃない！」

現れたのは、小さな男の子だった。身長は五十センチくらいだろうか。ターバンを頭に巻き、足首の締まった白い幅広のズボンを穿いている。上半身は素肌にベストを着ていて、靴は尖った先端がくるりと丸まっていた。いかにもアラジンと魔法のランプに出てきそうな出で立ちだ。キファーフに比べるとゴージャスさが足りないが、大きな目をした愛らしい顔をしている。

「あの……どちら様でしょうか？」

メガネをきちんとかけ直しながら礼儀正しく尋ねると、小さな壺の精はなぜか怒り始めた。

「どちら様だとぉ！　お前こそ誰だ！　キファーフ様はどこにいるのだ！」

やはり、キファーフの知り合いらしい。訪ねてきたのかと聞こうとすると、玄関のドアが開いてキファーフが戻ってきた。

「匡、帰ったのか～？　今日は物産展があったからな、松阪《まつさか》牛の高級弁当を……、ん？」

「キ、キファーフ様ぁ～～～～～～～～っ」

壺の精は、涙を流しながらキファーフに抱きついた。その姿は、まるで出張から帰ってきたパパに抱きつく子供だ。

「なんだ、サラマじゃねぇか」

「お久しゅうございます～。ああ、紛れもなくキファーフ様。お会いしとうございました～。キファーフ様がランプに閉じ込められてから千年、ずっとずっと捜しておりました～」

よほど会いたかったのだろう。涙ながらに何度も訴えている。

「あの……」

「ああ、こいつはチミチミーダオメメクリクリンノサラマ・ダッコチュッチュだ。俺の部下というか、子分みたいなもんでな。サラマ、こいつは俺の今の主で猪瀬匡だ」

「いのせたすく？」

サラマは、キファーフに抱きついたまま振り返って匡を見ると、ゆっくりと近づいてきた。そして、頭のてっぺんから爪先《つまさき》まで品定めするように眺める。

「この人が……キファーフ様の新しい主なのですか？」

「えっと……一応そうなります。あの……サラマさんも、ランプの精なんですか？」

「気安く俺の名前を呼ぶな！」

「はぁ、すみません」

サラマが拳を挙げて怒ると、キファーフは小さく肩を震わせて笑った。

「ランプの精っつっても、こいつはまだ幼生だがな。脱皮が足りねぇからこんな壺に入ってる」

「脱皮？　脱皮するんですか？」

「ああ。この壺が何度か脱皮して、ランプの形になるんだ。だから今は魔法もあんまり使えねぇし、人間と契約することもできねぇんだ。その代わり壺から自由に出入りできるが、壺をひっくり返すと転がり出てしまう欠点もあってな。結構大変だぞ」

キファーフが言うにはランプの精にはいくつか種類があり、サラマはダッコチュッチュ科という種族に属しているらしい。毒や薬などを扱うのが得意で、薬草を種から素早く成長させたり複雑な配合をしたりする魔法を使う。一人前になるまでは自分の属する科を名前の最後につけなければならず、一人前になってやっとそれが取れるのだ。

ちなみに戦闘タイプのキファーフはヌッカヌッカ科という種族で、幼生の頃は名前の最後にヌッカヌッカがついていたのだという。

脱皮は個体によってさまざまで、定期的に成長する者もいれば、何かの刺激によって突然脱皮する者もいる。

脱皮するところが見てみたいなんて思いながら、サラマをじっと眺めた。

抜け殻を財布に入れておいたら、金が貯《た》まるのだろうか。

「サラマ。よくここがわかったな」

「はい。日本にいることは前からわかっていたのですが、キファーフ様の漲《みなぎ》るパワーを千年ぶりに感じてここまでやっと辿り着きました。キファーフ様こそ、よくランプから出られましたね。封印はどうされたのですか？」

「それがわかんねぇんだ。こいつに擦られて出てきちまったんだよ。今までは誰が擦ってもガードがかかってたのにな。時間が経って魔法が弱くなってたらしい」

「なるほど。それでたまたまキファーフ様を外に出したのが、いのせたすくだったというわけですね」

サラマは、たいそう不満げな様子で匡を見上げた。小さいが、迫力のある目だ。どうやら匡が主というのが、気に入らないらしい。

先ほどからの言動を見ていると、キファーフに心酔しているのがわかる。王室に仕えていた頃をよく知るサラマからしてみると、やはり不満なのだろう。

「相変わらずキファーフ様の主は、いまいちパッとしませんです」

軽く嫌味を言われるが、少しも気にならなかった。匡のもともとの性格もあるが、幼児体型をしたサラマの姿は愛らしく、何を言われてもかわいく見えてくるのだ。見た目と言葉遣いのギャップが魅力的だとも言える。

身振り手振りが大きいのも、サラマをかわいく見せている理由の一つだ。言葉だけでなく、まるでお遊戯会でダンスを踊っているかのように、両手を広げたり膝を曲げ伸ばししたりと躰全体を使って話をする。

「そう言うな。こいつのよさは、パッと見じゃわかんねぇんだよ。それにこいつは主でもあるが、俺のスイートハニーでもあるんだからな」

「こんな地味な人が、キファーフ様のスイートハニー⁉　相変わらず男の趣味だけは悪いのです！　もっとゴージャスな男がいくらでもいるのです！」

嘆いているサラマを見て、匡は思わず背中を丸めて頭を下げた。

「えっと……すみません」

素直に謝ったのがよかったのか、サラマは不満げながらもひとまず納得したような顔をした。

「それよりサラマ。お前ずっとどうしてた？　まだ人間とは契約できねぇし、一人で大変だったろう」

「はい。あちこち転々としておりました。一度なんか、蔵の中に骨董品と一緒に閉じ込められまして、百年くらい出られなかったこともあったのです。見習いは大変です」

見た目は子供だが、なかなか苦労が多そうだ。自分なんかより世間を知ってるかもしれないと思い、それなら少しでも協力しようなんて気になる。

「住むところが決まってないいんだったら、サラマさんもここに住みますか？」

「うん、住む！　ここに住む！　ここに住んでキファーフ様のお世話を……、うー……」

サラマは急に顔をしかめ、尻を押さえながらしゃがみ込んだ。一体どうしたのかとサラマの顔を覗き込むと、どうやら尻のどこかが痛むらしく、涙目になっている。

「お尻が痛むんですか？」

「トラックの荷台に入ってここまで来たから、ずっとがたがた揺られていたのだ」

「ちょっと見せてください」

「な、何をするのだ！」

「痛いんでしょう？　ケガしてるんだったら、お薬塗らないと。ほら、脱いでください」

優しく言うと、サラマはしかめっ面で迷う素振りを見せながらも、黙ってズボンに手をかけた。そして、ぷりんと小さな尻を出してみせる。

「お尻の皮が剝けてますね」

「皮が剝けてる⁉」

「ちょっとですよ。ほんのちょっとです。でも、痛かったでしょう？　傷用の軟膏《なんこう》がありますから、塗っておきますね。……ん？」

軟膏を取りに行こうとして、ふと気がついた。尻の割れ目の上部が、うっすらと青くなっている。

（蒙古斑《もうこはん》……？）

なぜ、ランプの精の幼生であるサラマにモンゴロイドによく見られる蒙古斑があるのかわからないが、存在自体が不思議なのだから不思議でないのだろう。そんなものなのかと納得し、匡は引き出しの中から軟膏を持ってきた。

「お尻をもう少し突き出してください」

「こうか？」

「そうです。ちょっと我慢してくださいね」

身構えるサラマを見て、なるべく痛くないよう赤くなっている部分にそっと軟膏を塗った。やはり少し痛むようで「うー」と言いながら躰を硬直させるが、ちゃんと我慢している。

「はい。これで大丈夫です。もうズボン上げていいですよ。治るまで何度か塗りましょう」

「この程度で恩を売ったなんて思うなよ」

「思いませんよ。また痛くなったら言ってください」

「うん、わかった！」

尻が擦り剝けるまでトラックに揺られてキファーフを捜しに来たのかと思うと、いじらしく思えた。同時にそれほどキファーフに会いたかったのだろうと、忠誠心のようなものを感じる。まだ小さいが、立派な部下だ。

その時、サラマの腹がぎゅるるるるるる〜〜〜〜っ、とすごい音を立てた。こんな小さな躰のどこからこんな音が出るのだろうと思うほど、大きな音だ。

「そろそろお腹が空く時間ですね。みんなでご飯食べましょうか」

「そうだな。弁当は五つ買ってきてある。ほら、旨そうだろうが。お前も一緒に喰え」

「本当ですか！」

よほど腹が空いていたようで、サラマはキファーフが持っていた紙袋の中を覗いて目を輝かせた。キファーフに一つ手渡されると、両手で大事そうに持ってしげしげと見つめる。

「うわ〜。美味しそうです、キファーフ様。本当にいただいていいのですか？」

「当たり前だ。その代わり、ちゃんと匡の言うことも聞けよ。俺のハニーなんだからな」

「はい！」

その姿は、まるでパパの土産に喜ぶ子供だ。見ていて微笑《ほほえ》ましい。

「それじゃあ、お茶淹《い》れますから、お二人はそこに座っててください」

匡はスーツの上着を脱いでハンガーにかけてから、ヤカンで湯を沸かし始めた。廊下から部屋のほうを覗くと、サラマがキファーフの隣に座って何やら一所懸命訴えているのが見える。どうやら、ここに来るまでの長旅での苦労について話をしているらしい。

頭を撫でられて嬉しそうに笑っているサラマを見て、また不思議な生き物がやってきたものだと思うのだった。


同居人が二人になった匡の部屋は、狭いながらも楽しい空間となった。特に三人で食卓を囲む時間は、一人の食事よりずっと賑《にぎ》やかで食も進む。仕事で疲れて帰ってきても、二人の顔を見ると元気が出てくるのだ。

以前は食費を浮かすために自炊をしていたが、今は違う。大したものは作れないが、匡なりに二人が喜ぶものをと思って台所に立っているのだ。そして、それが楽しい。

「こら、早くおかわりをつぐのだ！」

「は、はい」

サラマに額をぺんぺんと叩かれた匡は、姑《しゅうとめ》に叱《しか》られる嫁のように炊飯ジャーの蓋を開けた。中に入れていたしゃもじに手を伸ばしたが、思いのほか熱くなっている。

「あちっ」

「何をしているのだ、匡。鈍臭いぞ」

「すみません」

「サラマ。そう言うな。お前は一応居候なんだからな」

「わかってます。だけどキファーフ様。匡があんまり鈍いから、つい口を出したくなるのです」

もともとぼんやりした性格のため、どんなに厳しい口調で罵《ののし》られても大して気にならない。見た目が小さな子供だからか、文句を言うサラマを見ていると、むしろかわいく思えてきてしげしげと見てしまう。

しかも、サラマの言うことはいつも当たっていた。

ただの庶民で、昼行灯でパッとしない。色気もなければ甲斐《かい》性もない。そんな男がキファーフの恋人なのだ。確かに文句の一つも言いたくなるだろう。

我ながらこのままでいいのだろうかと思っていると、いつの間にか動きが止まっていてサラマが目の前で手を振っている。

「おい、おーい！」

「あ……」

「もう、何をぼけっとしているのだ。キファーフ様がおかわりをお待ちだぞ。ほら、それを俺に貸すのだ」

しゃもじを奪われて惚けていると、サラマはてきぱきとご飯をてんこ盛りにしてキファーフのもとへと運んだ。

「はい。キファーフ様。どうぞ」

「おう」

両手に茶碗を載せて差し出す姿が、なんとも愛らしい。

「ところでキファーフ様は、王子の形見の品を捜しているのですか?」

「ああ。結局俺は魔法を封印されて王子を護ってやれなかったからな。その詫びでもあるんだよ。もし、国を滅ぼした奴らの末裔が持ってたら、浮かばれねぇだろうが。お前も捜すの手伝え」

「もちろんです。キファーフ様のお役に立つならなんでもします!」

サラマはやる気満々な態度で言ったが、もうあらかた手を尽くしてやることがなくなってしまった。図書館で資料を漁ったり、博物館や美術館を回ったり、できる限りのことはしてきたのだ。あとは、海外の博物館を調べるか、現地に行ってキファーフが仕えていた国の手がかりを捜すか、そのくらいしか思いつかない。

「キファーフさんが仕えていた国って、どの辺りなんですか?」

夜の経済番組では、ちょうど中東方面のニュースをやっていた。乾いた大地に降り注ぐ灼熱の太陽。民族衣装に身を包んだ人たち。

このところ、中東ではずっと緊張状態が続いていた。ハマド大統領率いる政府軍と民主化を求める反政府軍の対立はこれまで以上に激化している。アメリカ軍が反政府軍を支援しているが、長引く内戦が経済に悪影響を及ぼし始めていた。供給不安や投機マネーの流入により原油価格が高騰し、ガソリンの値段もここ数ヶ月で跳ね上がっていて、会社でも経費削減のためにアイドリングストップ運動を徹底するよう言われている。

「ああ。ちょうどその辺りのはずだぞー」

キファーフがみそ汁を啜りながら、テレビの画面を指差した。見ると、アナウンサーがフリップの地図で紛争地帯の場所を説明している。

一度長期休暇でも取って現地に行こうと思っていたが、どうやら今は無理のようだ。外務省からも、渡航は極力避けるよう通達が出ている。

「今行くのは危ないですよね」

「行きてぇなら、俺が護ってやるぞー。撃ち込んできやがったら、俺が殲滅《せんめつ》してやる」

「駄目ですよ。そんなことしたら、国際問題になります」

「ったく、面倒だなぁ。平気で自国民を殺すような政権は、とっとと消滅させればいいんだよ。そうすりゃ女やガキが死ぬこともねぇんだ」

キファーフの言うことも一理あるが、過激すぎて素直に頷くことはできない。

「まぁ、急ぐこたぁねぇよ。じっくり捜すさ」

「そうですね」

主なのに、恋人になったのに、なんの役にも立たないことが申し訳ない。きっとサラマもそう思っているだろうと、思わず目をやった。厳しい言葉が飛んでくるかと思ったが、サラマは茶碗を持ってもぐもぐとご飯を食べている。ハムスターが頬袋に餌《えさ》をため込んでいるように、そのほっぺたはぱんぱんに膨らんでいた。

「美味しいですか?」

「うん。生姜《しょうが》焼きというものを食べたのは初めてだが、少し甘くてご飯が進むな。それに、この小さなタコもとても美味しいぞ」

サラマが器用に箸でつまんだのは、タコさんウィンナーだ。普段はこんなことはしないが、サラマが喜ぶかと思って悪戦苦闘しながら作ったのだ。形は少々いびつだが、一応見た目はタコの形になっている。

「それはタコじゃなくてタコさんウィンナーです」

「タコさんウィンナー?　タコさんなのにタコではないのか?」

「ウィンナーをタコの形にしただけですから」

「ほ、本当か?　どこから見てもタコなのに、タコではないのか!」

カルチャーショックだったらしく、サラマは目を丸くして箸でつまんだウィンナーを凝視

した。そして、最後の一つを大事そうに口に運んでじっくりと味わう。幸せそうだ。

「そんなに好きなら、俺のもあげますよ」

「本当か？　こんなお宝を貰っていいのか？」

「はい、どうぞ」

ウィンナーをサラマの皿に置くと、喜んで手をつける。弟がいたらこんな感じなのだろうかと思いながら、その姿を眺めていた。いや、どちらかというと息子《むすこ》だろうか。

思わぬところで父性を目覚めさせる匡なのである。

「悪《わり》ぃな、匡」

「俺は岩海苔もありますから」

ちゃぶ台の上に置いていた岩海苔の瓶に手を伸ばすと、キファーフがにじり寄ってきて耳許に唇を近づけてきた。

「おかずが足りねぇんなら、匡には俺のスパイシーチョリソーをくれてやってもいいぞ。たっぷりと効かせたスパイスでホットになるか？」

思わず股間に視線を落とし、キファーフと目を合わせる。その口許には卑猥な笑みが浮かべられていて、フェロモン大放出といったところだ。

チョリソーはまだおとなしくしているが、いつ暴れ出すかわからない。

「子供のいるところでそんなことを言ったら駄目ですよ」

「ガキっつっても、サラマは二千六歳だぞ。お前よりは長生きだ」

「え、そんなに長く生きてるんですか？　そういえばキファーフさんの年齢って……」

「一万四十二歳だ」

まるでどこかの閣下《かっか》のような歳だと思いながら、そんなに長く生きているのかと感心する。人は見かけによらないとは言うが、ランプの精は人間以上だ。

「あ、もうこんな時間だ」

時計を見て、匡は残りのご飯を平らげて立ち上がった。まだ風呂にも入っていない。このところ自炊につい力を入れてしまうため、夕飯の時間も前より遅くなってしまっていた。寝不足気味のため今日は早めに寝ようと思い食器をシンクに運んでいると、サラマがトコトコとやってくる。

「おい、匡！」

「はい？」

「明日も会社というところに行くのだろう？　俺がやっておいてやる。匡はさっさと風呂に入るのだ」

「いいんですか？」

「匡みたいなぼけっとしたのにばかり任せていられるか。それに俺だっていろいろと役に立つのだぞ」

サラマは腰に両手を置いて胸を張り、口をきゅっと結んで匡を見上げている。

「じゃあ、お願いしますね」

「任せておけ」

「なんだサラマ。洗い物か。俺も手伝ってやる。得意じゃねぇが、魔法でちょちょっとやりゃ早ぇぞ」

「駄目です。キファーフ様はそこに座っててください。俺が一人でしますから」

サラマはシンクに飛び乗ると、積み上げてある三人分の食器を洗い始めた。口は悪いが、よく働くいい子だ。匡がぼんやりしているため、結局自分が動いてしまうのだ。

匡はサラマに後片づけを任せると風呂場に向かい、全身をざっと洗い流して湯船に浸かった。そして、ぼんやりしながら王子の形見の品について考える。

（やっぱり、どこかで見た気がするんだけど……）

首飾りの絵を描いてもらった時もそんな感じがしていたが、実はこのところより強く感じるようになっていた。似たデザインのものを目にしたのかもしれないと思って会社で見たことがあるか聞いたことがあったが、商品を熟知している倉庫の主任は首を横に振った。自分の生活の中であいうデザインのものを見るといえば、ガーデニング用品くらいしか思いつかない。

「仕事じゃないとすれば、やっぱり資料を見てる時かなぁ」

何か大事なことを忘れている気がしてならなかった。具体的になんなのかわからないが、心のどこかに引っかかっているものがある。何か重大な見落としをしているような気分なのだ。

もやもやして、すっきりしない。それなのに、思い出せない。

(どうして、思い出せないんだろ)

キファーフと想いが通じ合ったからといって、王子のことを完全に忘れて形見捜しもやめて欲しいなんて思っていなかった。一時はそんな気持ちを抱いたこともあったが、あの時ですら、王子を忘れて欲しくないという気持ちが混在していた。キファーフを好きになったからこそ、同じ想いを抱いていた王子に同調する部分があったのだ。

このままうやむやにするつもりはない。決して思い出したくないわけではないのに……。

疲れがたまっていたからか、しばらくすると匡はうとうとし始めていた。湯の温度はちょうどよく、浮力でゆりかごにゆられているように躰がふわふわしていて、睡魔を誘う。

ゆらゆら。ゆらゆら。湯に浮かんでいる。

しかし、急に息苦しくなって匡は目を開けた。途端に迫る水。

「……っ!」

ゴボゴボ……ッ、と空気が口から出ていき、大量の湯が口の中に入ってきた。手探りで湯船の縁を摑んで立ち上がろうとするが、パニック状態になっているため滑ってしまう。

い。

（た、助けて……っ）

何が起きているのか、一瞬わからなかった。小さな湯船の中にいたはずなのに、まるで海にでも落ちたような錯覚に陥る。どんなにもがいても、湯の中から顔を上げることができない。

こんな狭い湯船の中で、溺れてしまうのか——恐怖に心が支配されそうになったその時、いきなり腕を掴まれて湯船の中から引き上げられた。

「匡！」

「——ぷは……っ、……はぁ……っ！　……ぐ……、……はぁ……っ」

キファーフだった。心配そうな顔で自分を見下ろすその表情を見て、安堵する。

（た、助かった……）

心臓がバクバクしていた。

いくらカナヅチでも風呂で溺れるなんてさすがにあり得ないと、情けなくなった。こんなことは初めてだ。

「何一人で遊んでやがる。大丈夫か？」

「は、はい。ちょっと……うたた寝してたから」

息ができるようになるとゆっくりと深呼吸をし、心を落ち着かせる。

「本当に鈍臭いな、匡は。お風呂で寝るなんて……あ、危ないぞ」

キファーフの後ろから、サラマが顔を覗かせた。相変わらず口は悪いが、心配しているのがわかる。特に最後の言葉には、無事だったことを安堵するような響きが感じられた。

こんな小さな子にまで心配をかけるなんてと反省し、匡は思わず苦笑いした。


「ふぁ〜〜〜」

ご飯茶碗を手に朝食を取っていた匡は、大きなあくびをした。

目玉焼きも納豆もほうれん草のおひたしも大好物だが、食欲より眠気のほうが勝っていてなかなか食が進まない。

風呂場で溺れそうになってからというもの、匡はときどき、溺れる夢を見るようになっていた。おかげで寝不足気味で、昼を食べた後などは強い睡魔に襲われる。営業で車を運転することが多いため、危ないことこの上ない。そういう時は仮眠を取るようにはしているが、一度だけ仮眠中にも夢で溺れたことがあった。

今日は朝までぐっすりだったが、不規則な睡眠のせいでリズムが狂ったらしく、十分寝たというのにまだ寝足りない。

しかも、王子の形見の首飾りと似たデザインのものをどこで見たかも思い出せず、ももやもやした感じは日に日に強くなっていく。大事なことを忘れている気がしてならないのは、とても落ち着かなかった。忘れてはならない重大なことを見落としているような気が、もうずっと続いている。

「匡、寝不足か?」

「え?」

「最近、お前夜中にときどき起きてるだろうが」

キファーフの鋭い指摘に、匡は言葉に詰まった。嫌な夢で目を覚ますとはいえうなされているわけではないため、小さな変化でも気づくなんて驚きだ。それだけ自分のことを見てくれているのかと思い、匡は心がほわんと温かくなった。

けれども、カナヅチだからとはいえ風呂場で寝てしまって溺れそうになった挙げ句、そのトラウマで溺れる夢を見るようになってしまったなんて、情けなくて言えない。

「別に、そんなことないです」

「嘘つけ。お前の嘘なんてすぐにわかるんだよ」

両方の手で頬をつままれ、横に引っ張られる。結構痛い。こういうところは、容赦ないキファーフなのである。

「ふ、ふみまへん。実は……寝不足れす」

「だったらそう言え。お前、車運転するんだろう？　居眠りこいて赤信号で交差点に突っ込んだりすんなよ。なんなら、俺が絨毯で得意先に送ってやろうか？」

「それは、らめれす。じゅうらんは、使っらららめれすって」

「冗談だよ。なんでも本気にするんだな、お前は。だからすぐに騙されるんだ」

「は、はらしれくらさい」

もがくと、ようやく手を放してくれた。頬がジンジンとして赤くなっているのがわかる。指の痕《あと》がついているのかもしれない。完全に遊ばれているとわかるが、ケラケラと笑っているキファーフを見ていると、こういうやりとりにすら愛情を感じてしまう。

「匡、何惚けているのだ。はい、キファーフ様。おみそ汁のおかわりです」

「おう、悪いな」

サラマがみそ汁を運んできて、ちょこんとちゃぶ台について食事を再開した。しかし、匡の食器の上のものがほとんど減っていないことに気づいて小言を口にする。

「ぼんやりしないで、さっさと食べるのだ。会社に遅刻するぞ。もう出る時間じゃないのか？」

「今日は休日出勤なんで、いつもより遅い時間でいいんです」

「そうなのか。でもさっきから全然進んでないぞ」

冷めかけたみそ汁に気づいて、せっかくサラマが用意してくれたのにと匡は慌てて手を伸ばした。豆腐と揚げのみそ汁はインスタントだが、小口切りのネギと乾燥わかめを加えているため一から作ったもののように美味しい。

　このところサラマは家事をたくさん覚えて、よく働いてくれている。全自動洗濯機が面白いらしく、洗濯をこまめにしてくれるためかなり助かっていた。確かに寝不足だが、サラマが家事を覚えてくれたぶんは確実に楽をしているのだ。しかも、キファーフも買い出しなど力仕事はしてくれる。

「ところで、明日の日曜、どこか行きませんか？」

「なんだ、急に」

「サラマさんが来たんで、歓迎会みたいなものというか。よくお手伝いしてくれるし、すごく助かってるんでそのお礼というか」

　まさか匡がそんなことを言うとは思っていなかったのだろう。サラマは目を丸くしてからキファーフを見た。子分のようなものと言っていただけに、行ってもいいのかと聞いているようだ。だが、あんな目で見られて駄目と言える人などいないだろう。

「そうだな。王子の形見捜しも進まねぇし、気晴らしってのもいいな」

「本当ですか！」

「ああ。どこでも行きたいところに連れてってやるぞ。どこがいい？」

　キファーフの言葉に、サラマは目を輝かせた。

自分より年上だが、ランプの幼生ということは子供だ。まだまだ遊びたい盛りだというのがわかる。子供が喜ぶ場所と言えば遊園地か動物園か水族館だろうと思い、そう提案すると、サラマは嬉しそうな顔をした。

「動物園は行ったことはないが、動物がたくさんいるというのは知ってるぞ。そうですよね、キファーフ様」

「ああ。よく知ってんな」

予想以上にサラマが喜んでいるのを見て、匤も嬉しくなった。思いつきだったが、言ってみてよかったと思う。キファーフも、サラマの喜ぶ姿を見て笑っている。

「ごちそうさま」

匤は食事を終えると、食器をシンクに運んだ。

「ねぇねぇ、キファーフ様。水族館というのは、どういうところなのですか?」

「海の小さい版だ」

歯磨きをする匤の耳に、二人の会話が聞こえてきた。サラマが三人で出かけるのを楽しみにしているのがわかり、明日休日出勤なんてことにならないよう馬車馬のように働いて今日中に仕事を終わらせるぞと、匤にしてはめずらしくアクティブなことを考える。

寝不足だなんて言ってられない。

スーツに着替え、寝癖はそのままに玄関に揃《そろ》えてある革靴に足を突っ込んだ。

「じゃあ、明日までに決めておいてくださいね。行ってきまーす」

二人にそう言い残して、マンションを出る。

今日は土曜日のため、いつもと少し風景が違っていた。電車は比較的空いており、いつもは座れない座席もいくつか空いている。よく見る顔も今日はいない。

「はぁ」

空いている席に座り、明日のことをぼんやりと考える。

弁当は、手作りのものを持っていったほうがいいだろうか。おやつもあったほうがいいだろうから、仕事から帰ったらサラマを連れてみんなでスーパーに買い出しだ。

子供の頃の遠足を思い出し、サラマが喜ぶ顔を想像しながらあれこれ計画を練る。

そんなことを考えていると、ターバンを巻いた中東系の男が同じ車両に乗っていることに気づいた。

キファーフたちと出会ったからか、最近は中東系の外国人を目ざとく見つけるようになっていた。これまではあまり気にしていなかったが、意外に多いようで通勤途中でときどき見かける。匡のマンションから徒歩で十分かからないところに、パキスタン人の家族が経営するカレー専門店があると知ったのも最近のことだ。

思わずしげしげと見てしまい、目が合う。

みんな濃い顔をしているが、キファーフほどの男前はそういない。惚れた欲目を差し引いても、特別な魅力を持った存在だということは間違いないようだ。しかも、同じ車輛《しゃりょう》にいる男は、ニュースで見るテログループにいそうな印象があった。険しい目をしている。

自分が不躾《ぶしつけ》に見てしまったため気分を害したからなのかもしれないと思い、反省する。

(ジロジロ見て失礼だったかな)

再び明日のことについて考え始めるが、しばらくすると睡魔が降りてきて、匡はうとうとと船をこぎ始めた。このまま寝てしまうと駅を降り損ないそうだが、一度眠気に襲われると抗うことはできない。

匡は、電車の揺れに身を任せて眠りに落ちていった。

浅い眠りの中で見たのは、またあの夢だ。溺れる夢。水の中にいる。

視界全体が、ゆらゆらしていた。コポコポと泡が浮上する音がし、それとは逆に自分の躰が沈んでいくのがわかった。水色だった周りの色は段々と暗くなっていき、躰は冷たくなっていった。しかも、息ができない。溺れかけている。

(あ、やばい)

もがいても、浮上することができなかった。酸素が欲しいが、肺に入ってくるのは水ばかりで、ちっとも楽にはならない。夢だとわかっていても苦しくて、目覚めることもできないのだ。

(助けて)

声に出そうとした瞬間、躰がビクッとなって目を覚ました。

「あ……」

落ちかけたメガネを両手で摑んで、辺りを見回す。ほんの今まで水の中にいたのに、周りに目をやると見慣れた電車の風景が広がっていた。

隣に座っている若い女性に怪訝そうな顔をされ、恥ずかしくて背中を丸める。

（あー、びっくりした）

眠っていたのはほんの一瞬だったようで、次の駅にすら到着していなかった。まだ時間はあるが、もう一度寝る気にはなれずに前を向く。

ふと見ると、近くにいたターバンの男はいなくなっていた。車輌を移動したのかと思ったが、あの男も夢だったような気がしてくる。

変な夢だったと思いながら、再び電車に揺られていた匡だったが、結局再び睡魔に襲われて眠ってしまい、危うく降り損なうところだった。


「キファーフ様ぁ」

サラマの嬉しそうな声が、青空に響いた。

翌日、三人は水族館に来ていた。水族館は初めてらしく、サラマのテンションはかなり高くなっている。

建物が見えただけで喜んで駆けていった。いつもの衣装を着替えさせたからか、日本に滞在しているごく普通の外国人の子供という感じで、すっかり馴染んでいる。それは、キファーフも同じだ。

「おい、サラマ。走るとこけるぞー」

日本での生活にも随分慣れてきたからか、最近は咄嗟にランプの中に入ってもらわなければならないようなことは少なくなっていた。念のためランプはリュックの中に入れて持ってきているが、出す時に必ずと言っていいほど股間を擦ってしまう妙な才能もまだ健在のため、極力使わないようにしている。

出会ったばかりの頃はどうなることだろうと思ったが、このままいけば匡が気をつけなくても問題を起こすことはないだろう。きっとこの先も、キファーフたちと末永く一緒に暮らすことができる。

「早くするのだ、匡。入場券とやらを買うそうだぞ」

「あ……」

サラマに呼ばれ、自分一人が遅れているのに気づいて二人のもとへ急いだ。

「またぼけっとしていたな」

当たっているだけに何も言えず、笑いながらリュックの中から財布を取り出す。

「はは……」

「大人二人と子供一枚お願いします」

入場券を買って中に入ると、ひんやりとした空気に包まれた。

水族館なんて久し振りだが、匡が子供の頃に比べてかなり進化している。水槽は巨大で、多くの魚が飼育されていた。ちょうど餌やりの時間だったようで、酸素ボンベを背負った飼育員が、餌を与えている。手にした魚肉ソーセージのようなものに、小さな魚が群がっていて、すごい勢いでついばんでいる。

また、ところどころタッチパネル式のモニターが設置されており、画像で詳しく説明してくれるシステムにもなっていた。

「わー、魚がいっぱいだ。キファーフ様、見てください。お魚がいっぱいです！」

「おう、旨そうだな。特にあのブリなんて丸々太ってやがる」

「あの魚はブリというのですか」

「そうだ。照り焼きにすると旨いぞ。大根と一緒に煮てブリ大根ってのもいいな」

見上げると、鰯《いわし》の大群が銀色の腹を見せながら躰を翻して泳いでいる。マンタは空を飛んでいるように、悠々と胸びれを動かしていた。また、下のほうでは伊勢海老《いせえび》が岩の間から触覚を覗かせ、カサゴなどの魚も岩になり切っている。いかつい顔の魚は他にもいて、見ているだけで楽しい。

「あ。あれはなんですか！」

サラマが向かった方向には少し開けた場所があり、実際に海の生物に触れるブースがあった。浅めの水槽の中に、ひらめなどの魚が入っており、女性の解説員が集まってきた子供たちに優しく話しかけている。

「サラマ、お前も触ってみるか」

「はい！」

水槽の横にしゃがみ込んだキファーフは、真っ先に水に手を突っ込んだ。手にしたのは、なまこだ。サラマも恐る恐る指先で撫でている。

キファーフはなまこを水から引き上げ、グッと握った。

なまこに刺激を与えると硬くなり、さらに刺激し続けると口から内蔵を吐き出して、最後にはドロドロに溶けてしまう。さすがにそこまではしないが、キファーフはなまこがカチカチになるまで刺激を与えてから、目の前に掲げてみせた。

「サイズは俺の半分もねぇな。これじゃあ満足しねぇだろう」

「キファーフさん……」

子供がいるところで何を言い出すのかと思うが、キファーフは気にしない。匡に躰を寄せてきて、耳許で囁いてみせる。

「俺が欲しくなってきたんじゃねぇのか？」

なまこを触って無邪気に喜ぶサラマの声を聞きながら、含み笑うキファーフの吐息を耳許に吹きかけられると、より卑猥な感じがした。人がいるところで、しかも子供もたくさんいるところで言われているからか、妙に危険を感じる。

「なんなら便所行くか？　俺の巨大なまこであそこを擦ってやってもいいぞ」

「あの……聞こえます」

「なまこみてぇな触手はねぇが、俺のゴールデンフィンガーもなかなかの動きだからな」

「はぁ」

「お前の硬く閉じたイソギンチャクを柔らかく拓《ひら》かせてやろうか？」

相変わらず酷い下ネタに、どう止めていいのかわからない。

特にこのところはサラマがいるため肉体的な触れ合いがあまりなく、そのぶん下ネタに走っていると言えた。留まるところを知らないキファーフのセクハラに、匡は圧倒されるばかりだ。

その時、このホールの入口付近に、中東系の男が立っているのが目に留まった。ターバンは巻いていないが、浅黒い肌に彫りの深い顔立ち。真っ黒の髪の毛と口許を覆う髭。やはり目立つ。

（一人で来たのかな）

なんとなく違和感を抱き、匡は他に連れがいないかと視線を巡らせた。だが、子供や恋人らしい人の姿はない。

「どうした？」

「え？　いえ、なんでもないです」

キファーフに声をかけられて我に返り、よっこらせと立ち上がる。これ以上しゃがんでいると、さらに酷い下ネタを聞かされそうな気がする。

再び先ほどの男のほうに目をやったが、もういなかった。

（あれ……？）

目を離したのは一瞬なのに、どこに行ったのだろうと思う。まさか幻だったのかと、一人首を傾げた。昨日の電車の中といい、最近おかしなことが多い。

「もう、匡は何をぼんやりしているのだ。次に進むぞ」

「え？　あ、はい」

サラマに手を引かれ、匡は歩き出した。

次に向かったのは、この水族館でも人気のスペースだ。魚がよく見えるよう水槽の下を長い通路が通っており、そこを歩くのだ。床以外は水槽の壁になっているため、魚たちが泳いでいる姿をたっぷりと観《み》ることができる。

て二人を呼ぶ。

「わぁ、キファーフ様。見てください」

サラマが、周りを見回しながら両手を挙げて喜んでいた。一人先に進んでいき、振り返っ
こうして見ていると、海の中にいるようだ。

(すごい……)

サラマを喜ばせようと連れてきたが、大人が来ても楽しい場所だ。魚はこんなふうに世界を見ているのだろうかと思いながら、水の中を泳いでいる気分を味わう。

匡はぼんやりと歩いていたが、なぜか急に圧迫感のようなものを覚えて立ち止まった。溺れる夢をよく見るからだろうか、水の中を歩いている気分に恐怖が伴い始める。いったんそうなると、息まで苦しくなり、一歩も動けなくなった。

(あ、やばい)

キファーフとサラマが、少し前のほうを歩いているのが見える。手を伸ばして助けを求めようとするが、声が出ない。

(助けて)

頭痛までしてきて、立っていられなくなる。しゃがみ込んだところで、一人遅れている匡に気づいたキファーフが戻ってきた。

「どうした、匡」

「……っ、……はぁ……っ、……っ」

「おい？　どうした？」

「あ、いえ……。なんでも……」

キファーフが来たからか次第に息苦しさは消え、匡は大きく息を吸い込んだ。心臓はバクバク鳴っているが、回復に向かっている。息もごく普通にできるようになり、ようやく落ち着いた。

（あー、びっくりした）

最後にもう一度深呼吸をすると、ゆっくりと立ち上がる。もう大丈夫のようだ。

「どうした。気分でも悪くなったか？」

「すみません。もう大丈夫です」

「そうか。それならいいが。それより、リュックはどうした？」

「え？　あ、あれ……？」

匡は、右の肩にかけていたリュックがないことに初めて気づいた。周りを見るが、どこにもない。何かあった時のためにと、あの中には、キファーフのランプとサラマの壺を入れているのだ。

「財布でも入ってたか？」

「はい。それと、ランプと壺も入れてたんです。捜さないと……」

「おーい、サラマ。戻ってこい」

慌てて今来た通路を戻りながら、リュックを捜した。すると、匡のリュックを持った背の高い男性の後ろ姿が目に飛び込んでくる。

「あの……すみません。それ……。そのリュック」

急いで駆け寄り声をかけると、男性は振り返った。三十歳前後だろうか。優しそうな感じのする男性だった。匡の慌てた様子を見て、自分が持っているリュックの持ち主だとすぐに気づいたようだ。

「ああ、あなたのですか。通路の近くに落ちてたのをうちのが見つけたので、今案内所に届けようと思っていたところだったんです。ママー、持ち主さん見つかったぞー」

男性が声をかけると、若い女性がベビーカーを押しながら近づいてくる。

「ほんと? よかった」

「拾ってくれてありがとうございます」

「いえいえ、とんでもないです」

匡は最後にもう一度頭を下げてから、キファーフたちのもとへ戻った。

「どうしたのだ? リュックはあったのか?」

「はい、ありました」

「もう、やっぱり匡は鈍臭い奴だな。俺が持っててやるぞ」

サラマが両手を伸ばすと、キファーフが匡の手からリュックを奪う。

「俺が持つよ。ほら、行くぞ」

またあの通路を歩くのかと少し身構えたが、キファーフがすぐ隣を歩いているため、再び息が苦しくなることはなかった。

匡を気遣って歩調を合わせてくれたかどうかは、わからない。


水族館を出た三人は、近くのファミリーレストランで食事をしてからマンションに戻ってきた。一日はしゃいで疲れたのか、サラマはデザートの途中で寝てしまい、今はベッドでぐっすり眠っている。

くぴー、ぷるるるるー……、とかわいい寝息を立てながら眠っているサラマを見て、風邪《かぜ》をひいてはいけないとタオルケットをかけてやった。幼児体型で、どう見ても自分より長く生きているようには見えない。寝ている姿は子供そのもので、あの口調を思い出して少しおかしくなった。

相手は平凡ではないが、これが平凡な幸せなのかとしみじみする。

「今日は悪かったな。サラマのために一日じゅう連れ回して」

「いえ。俺も楽しかったです。そろそろ俺たちも寝ましょうか」

サラマはベッドに、二人は床に敷いた布団で寝るのが最近の決まりになっていた。ベッドをもう一つ出してやると言われたが、大きすぎて一度辺りのものをなぎ倒していろいろ壊してしまったため、今は布団を出してもらうようにしている。

ランプの精であるキファーフが布団を出す姿は、どことなくシュールでおかしい。しかも、最近は日本の服にも慣れたようで、このところ寝る時はスウェットを着るようになった。

上半身は相変わらず裸だが、こういう生活感溢れる格好も魅力的だ。

「電気消すぞー」

「はい」

キファーフが魔法でろうそくを灯してから、部屋の明かりを消した。すぐには寝ようとはせず、布団の上に寝そべり、頬杖《ほおづえ》をついて匡をじっと見る。

「匡」

「はい」

「お前、なんか俺に隠してねぇか?」

「え……?」

「昼間様子が変だっただろうが。水族館で何かあったか? 最近寝不足だっつってたし。まさか、水が嫌で気分が悪くなったってこたぁねーだろうな」

薄明かりの中のキファーフは、男っぽい色香を漂わせていた。こんなふうに問いつめられるとすぐにでも白状したくなるが、溺れた夢を思い出して息が苦しくなったなんて、恥ずかしくて言えない。

「そんなこと……ないです」

「あ、今お前、嘘ついただろうが」

言い当てられ、言葉に詰まる。その反応に、隠していると確信したようだ。キファーフはニヤリと笑いながら身を起こし、にじり寄ってくる。

「やっぱり何か隠してやがるな。言わねぇなら、躰に聞いてやってもいいんだぞ」

「あの……」

「最近ご無沙汰《ぶさた》だからな。俺の生なまこをお前の口に突っ込んでやったほうが、口の滑りもよくなるかもしんねぇな」

舌先を覗かせて笑うキファーフの凶悪なまでの色香に、さすがの匡も危機感を覚えずにはいられない。

「明日は……仕事なんです」

「そういうのがそそるんだよ。駄目な時のほうが、燃える」

耳許で囁かれ、匡は身を固くした。

「あの……ちょっと……」

逃げようとするが、サラマが起きてしまうため物音を立ててはいけない。そんな思いが匡の動きを制限し、あっという間に組み敷かれる。

「あの……キファーフさん。何を、するんですか」

「ガキが寝ている間にすることと言ゃぁ、一つだろうが」

「駄目ですよ。サラマさんが起きます」

「起きねぇように、声を殺してやるんじゃねぇか」

サラマが来てからというもの、いわゆるオアズケ状態だからか、匡の躰はすぐに熱くなった。パジャマの上からでもキファーフの高い体温は伝わってきて、あの行為を思い出してしまう。そういった行為には淡白なほうだと思っていた匡に、本当はそうではないと教えてくれた。むしろ自分は他人より貪欲なのではないかと疑ったほどだ。

(あ……)

キファーフのランプが目に入るが、それに手を伸ばそうとは思わなかった。子供が寝ているすぐ隣の部屋で夫婦の営みをする——そんな昭和《しょうわ》の香りのするシチュエーションに刺激されて、匡もそんな気分になっている。

「久々だな、匡。あそこがぐちょぐちょになるほどたっぷりかわいがってやるからな」

声を押し殺して卑猥なことを囁かれ、匡は観念した。

明日の仕事のことは、明日考えればいい。

しかし、そう思った瞬間、ベッドの上でもぞもぞと身動きする気配がする。

「うーん、キファーフ様？」

サラマが目を覚ましたのがわかった。身を起こそうとするが、口を塞がれて押さえ込まれる。匡に火のついた股間を押しつけたままベッドの上を覗くキファーフの喉元が目につき、匡は思わず凝視していた。

薄明かりに浮かぶ喉仏や顎のラインなど、男臭い色香にあてられる。

「お。なんだお前、起きたのか？」

「何をしているのですか？」

「何してると思う？」

「う〜ん」

サラマは、眠い目を擦りながら考え始めた。まだ、完全には起きていないようだ。

「社会勉強するか？　見学していいぞ」

その言葉に、匡は咄嗟にランプに手を伸ばした。キファーフは油断していたのか、あっさりと手は届き、ランプの腹を思いきり擦る。

「あ。匡お前……、——うぉぉぉぉおおお……っ！」

キファーフは、雄叫びをあげながらあっという間に足のほうから吸い込まれていった。まさに危機一髪。二人が何をしていたのか、サラマはまだ気づいていないようだ。

「あれ。キファーフ様はどうしたのだ？」

「えっと……今日はランプの中で寝たいらしいです」

「そうなのか」

「もう寝てくださいね」

「うん。ソフトクリーム美味しかった」

夢でも見ていたのだろう。サラマは満足げに言ってから、再びベッドに横になった。すぐさまかわいい寝息が聞こえてきて、胸を撫で下ろす。しかし、問題はまだ片づいておらず、匡はランプに視線をやった。

すると案の定、不機嫌な声が中から聞こえてくる。

『おい、匡。てめぇ、いい加減にランプを乱用するのはやめろ』

「す、すみません。思わず。でも、見ていいなんて言うから」

『いいから出しやがれ』

ランプを擦ると、もくもくと煙が出てきてキファーフが姿を現した。

「あの……」

「おう。見事に俺のお宝を擦ったぞ」

やっぱり……、と反省し、立派なものを誇示するように仁王立ちするキファーフを見上げる。雄々しくそそり勃ったものは、今にも暴走しそうだ。

「お前は、本当にピンポイントでやってくれるな」

「すみません」

「なんなら、絨毯で上空に移動するか？　そこでたっぷり時間をかけてかわいがるってのも手だな」

言いながら、キファーフは匡の横に置かれていたランプを手に取った。

「いえ、あの……お断りします」

今度こそキファーフを止める術はないと、覚悟をする。けれども、キファーフは手にしたランプをじっと見つめた。

「どうかしたんですか？」

「そういや、お前水族館でリュックなくしたよな。拾ったのは、どんな男だった？」

「三十歳前後のお父さんですけど。子供連れのお母さんもいましたよ」

「本当に落としたのか？」

「え……？」

あの時のことを思い返すが、気分が悪くなったためよく覚えていない。持っていると思っていたリュックは、いつの間にかなくなっていた。

「どうしてそんなことを聞くんですか？」

「今ランプに入ってわかったが、別の人間が触った痕跡《こんせき》みたいなもんを感じた。ほんのちょっとだがな」

「それは、拾ってくれた人なんじゃないですか?」

「だが、悪意を感じたんだよ」

「キファーフさん……?」

「しっ」

人差し指を自分の唇に当てて、静かにしろとジェスチャーで合図される。

先ほどまで卑猥な言葉で匡に迫っていたが、今はそんなことが嘘のようにキファーフの表情は硬くなっていた。険しい顔で玄関のほうをじっと見つめている。

五感をフルに使い、何かを捕らえようとしているのがわかった。

野性の獣が、近づく天敵の存在に気づいて神経を尖らせている。目つきが鋭くなっていて、怖いくらいだ。こんな表情は、見たことがない。

「外の様子が変だ。ちょっと待ってろ」

「え……、あの……」

「ここで待ってろよ」

キファーフはそう言い残すと、部屋を出ていった。

(どうしたんだろう)

しばらくすると玄関の外で、物音が聞こえる。

「キファーフさん……?」

呼んでみるが返事はなく、外はシンと静まり返っていた。それが逆に何か起きた証拠のように思えて心配になる。待っているよう言われたが、見に行くべきなのかもしれない。

しかし、そうしているうちに玄関のドアが開いて、キファーフが戻ってくる音が聞こえた。

そして、近づいてくる足音に顔を上げた匡は言葉を失う。

(え……?)

てっきりキファーフが戻ってきたかと思っていたが、部屋に入ってきたのはまったく別の男だった。しかも、複数いる。

「——ぅう……っ!」

飛び起きようとしたが、馬乗りになられて口を塞がれる。力で敵うはずもなく、匡はあっさりと自由を奪われた。襲ってきた男の白目の部分が、暗がりに浮かんでいる。

(誰……?)

男は、ターバンを巻いていた。電車の中で見た男かもしれない。水族館で見た男も、似たような顔をしていた。だが、同一人物かどうかはわからない。

「う~ん、どうしたのだ、匡。さっきからうるさいぞ」

その時、サラマが再び目を覚まして起きてきた。目の前に広がる光景に、今度は一瞬にして目が覚めたようで、匡を襲う男に飛びかかる。

「な、何をするのだ。匡を放せ……っ!」

しがみついたまま男の肩に噛みついているが、まだ魔法もろくに使えない上、躰のサイズは子供だ。敵うはずがなかった。あっさりと捕まってしまい、羽交い絞めにされる。

別の男が、キファーフのランプとサラマの壺を手に取った。そして、壺を高々と持ち上げてみせる。

「これを壊すとどうなるか、知ってるか?」

イントネーションが少しおかしいが、ちゃんと日本語で会話ができるようだ。だが、穏やかな話ができる相手ではないことくらいわかる。

「これを壊すと、どうなるか知っているのかと聞いている。知ってるか?」

サラマを見ると、涙目になっていた。おそらく、壺が壊れると無事ではいられないのだろう。つまり、これは脅しだ。

どう答えていいのかわからず黙っていると、男は壺を床に叩きつける。

「ぅぁあああ……っ!」

サラマが苦痛の声をあげた。壺は壊れていないが、かなり効いたようだ。壺への衝撃がサラマに伝わっているというより、壺が壊れそうになると存在が危うくなり苦しみ始めるといった感じだ。

（キファーフさん。早く、帰ってきてください）

そう願うが、戻ってくる様子はなかった。ランプを擦ればキファーフは吸い込まれてすぐさまここに戻ってこられるだろうが、完全に自由を奪われている匡の手には届きそうにない。

「壺を壊されたくなかったら、ランプを俺に売れ」

「……っ！」

その言葉に、匡は以前キファーフから聞いたことを思い出した。

合意の上で誰かにランプを譲るか売るかしないと、匡が主のままだと。つまり、合意の上で譲るか売るかすれば、匡はキファーフの主ではなくなるのだ。そして、別の誰かが主になる。

こんな手を使ってランプを手に入れようとする人間が、善良であるはずがない。キファーフを渡してはいけない。

「どうした？　俺にランプを売ってくれないのか？」

「駄目だ、匡。そんな奴らにキファーフ様のランプを……、――ぎゃう！」

「サラマさん！」

思いきり殴られたサラマを見て、匡はゴクリと唾を飲んだ。

この男たちは本気だ。匡が断れば、サラマの壺を割るだろう。そうなれば、サラマは消滅してしまうかもしれない。ランプを渡したくはないが、今、サラマを助けられる手段は、たった一つしかないのだ。

匡は、覚悟をした。

「どうだ？　売りたいか？」

男の言葉に何度も頷くと、口を塞いでいた手がそっと離れていく。

「う、売ります。ランプを買ってください」

「そうか。では、ランプを買おう」

目の前に千円札をかざされ、そっと枕許に置かれる。

これで、売買契約の成立だ。これで、キファーフの主ではなくなった。

「サラマさんを放してください」

「それは無理だ。お前たちは保険だ。二人とも連れていく」

「――っ！　だ、騙したんですね。やっぱりランプはあなたに売れません」

「もう遅い。契約は成立した」

「ぐ……っ」

再び口を塞がれ、手足を縛られる。

「キファーフ様ぁ～～っ、大変です。キファーフ様ぁ～～っ」

サラマの声が、虚《むな》しく響いた。

キファーフは外に出ていったきりで戻ってこない。もしかしたら、この男たちの手により、何かされたのかもしれない。戦闘タイプのキファーフに限ってそんなことはあるはずがないと信じたいが、姿を見せないのが証拠のような気がする。

（キファーフさん……）

自分の身より出ていったきり戻ってこない恋人を案じながら、匡は薬のようなものを嗅《か》がされてそのまま気を失ってしまった。

# 5

匡は、水の中にいた。

また溺れる夢だ。幾度となく繰り返される夢に、自分がこれから溺れて苦しむのだと予想できた。わかっているのに、目が覚めない。周りはピラミッドに使われているような石の壁に囲まれていて、出口はどこにもなかった。そう広くはない部屋だ。テーブルと長い二つの椅子があるだけで、他には何もなかった。シンプルというのは、こういうことを言うのだろう。

いったい、なんのための部屋なのだろうと思う。

水の浮力により、匡は部屋の中央辺りまで浮かんでいた。躰が安定しない。

(助けて……)

ふと、ランプが部屋の底に沈んでいるのが見えた。キファーフのランプだ。これまで見た夢とは少しパターンが違う。どうしてあんなところに……、と思い手を伸ばすが、届かない。手足を動かして泳ごうとしても、躰は思うように沈まなかった。

自分の意思とは無関係に、浮いたり沈んだりを繰り返す。

そうしていると次第に苦しくなってきて、匡は必死でもがいた。肺に水が入り込んできて、苦しみは増す。やはり、これまでと同様に溺れるのだ。

それでもランプだけはなんとか手にしたくて、もう一度手を伸ばした。おそらくこの部屋からは出られないだろうという思いが強くなり、それならランプだけでも護りたかった。

護りたい。

キファーフを護りたい。

自分のようななんの力もない、魔法も使えない男がなぜキファーフを助けられると思うのだろう。不思議だが、護りたいという気持ちはさらに大きくなっていく。

けれども、その思いも虚しくたくさんの気泡がゴボゴボと上に上がっていくのが見えた。

それが自分の肺の中の空気だとわかる。酸素は、もうない。

視界の中で、キファーフのランプだけがゆらゆらと揺れて見えていた。

「キファーフさ……、……――っ！」

匡は、自分の声に目を覚ました。まるでハンマーで叩かれているかのように、激しい頭痛がする。顔をしかめてこめかみの辺りを押さえたが、すぐには治まらなかった。

「う……」

ゆっくりと身を起こして、自分の置かれた状況を把握するために周りを見渡す。

匡が寝かされていたのは、硬くて寝心地の悪い場所だ。床も壁もピラミッドに使われている岩のようなものでできていて、素材は夢で見た部屋と同じものだとわかる。予知夢を見たのなら、自分はここで溺れ死ぬのかもしれないと思った。

しかし、よく見ると夢で見た部屋より随分と広いのがわかる。部屋の隅には藁《わら》が少しあり、木片などのガラクタも置かれていた。

(暑い……)

どうしてこんなに暑いのだろうと、手の甲で首筋を拭った。汗がじっとりと滲んでいて、背中も汗ばんでいる。ただ、湿度はそう高くないようで、空気は乾いているような気がした。

「いたた……」

頭痛は少しずつ治まってきたが、乱暴にされたからか、硬い場所に寝かされていたからか、躰のあちこちが痛い。ただ、骨折まではしていないようで、膝のところに擦り傷があるだけだ。そして、部屋の隅にサラマの壺らしきものが転がっているのに気づいた。

けれども、いつもと様子が違う。

(脱皮……してる?)

近づくと、薄っぺらい皮だけになっていた。キファーフの言っていた通り、本当に脱皮したのだろう。じゃあ本体はどこだ……、と思って捜してみると、見慣れない壺があることに気づいた。

「サラマさん……？」

長く伸びた口の部分が短くなっていて、心なしか横に広がっているが、色や模様はサラマのものと同じだ。間違いない。きっと中にいる。

そう思って手を伸ばした瞬間、中からサラマの声が聞こえてきた。

「むむむむむ～～～っ！」

「──わ！」

いきなり、口の部分から丸いものが飛び出した。それは天井に勢いよくぶつかり、跳ね返って壁に激突する。そして床に転がると白い煙を出して弾け、サラマの姿になった。

「む～～～～、やっと出られた」

「サ、サラマさん。大丈夫ですか？」

「大丈夫だ。でも、俺たちは人さらいにさらわれてしまったのだぞ。ショックで脱皮してしまったではないか」

腰の辺りをさすっているが、大きなケガはないようだ。あんなに激しくぶつかったのに、ぴんぴんしている。

匡は、ホッと胸を撫で下ろした。

「本当に脱皮するんですね」

「そうだ。こうやって何度か脱皮を重ねて俺たちは成長するのだ。しかも、なんだか壺の外に出にくくなっている。大人になったら、キファーフ様ほどの魔力を身につけない限り自分の意思では出入りできなくなるのだ」

「衣装も少し違いますよ」

「あ、本当だ。前はこんなものは持っていなかったぞ」

着ているものはほとんど同じだが、首飾りをつけている。先端に勾玉《まがたま》のようなものがついたものだ。大人になったということだろうか。

「それに、少し魔法が使えるようになったみたいだ」

「本当ですか」

「うん。少しだが、自分の中に魔力を感じる。ちょっと待っていろ」

サラマは部屋の隅に置いてある藁に近づいていった。その前で目を閉じて集中すると、藁はみるみるうちに青々とし、みずみずしい姿になる。

「サラマさん、すごいです」

「ふ〜っ。魔法というのは……、すごく疲れるのだ」

「よかったですね。大人に近づいたんですよ」

「そうだが、喜んでいる場合ではないぞ。俺たちは囚《とら》われているんだからな。それに、俺のせいでキファーフ様と匡の契約は解消されてしまった」

サラマは申し訳なさそうな顔をした。

だが、悪いのは汚い手を使ったあの男たちでサラマではない。あの時、匡に迷いはなかった。キファーフとの契約よりサラマの命のほうが大事だ。

とにかく無事でよかったと思う。

「ところで、ここはどこなんですかね？　キファーフさんはどうしたんでしょうか」

心配になり、立ち上がって出口を探した。ドアがあるが、押しても引いてもびくともしない。何度か試してみたが、同じだった。

「駄目だ……」

がっくりと肩を落とし、サラマの隣に膝を抱えて座る。

「どうしましょう」

「匡は本当に非力だな」

「すみません」

「大丈夫だ。俺も力はない。力のない同士、知恵を出し合おう」

「そうですね」

子供ながらに、なかなかいいことを言う。

匡は、ない知恵を絞ってここからどうにかして外に出る方法はないかと考えた。匡の力では無理だが、せっかくサラマが魔法を使えるようになったのだ。それを利用して何かできるかもしれない。

「サラマさんって、直接戦闘する能力はないんですよね」

「うん、そうだ。俺の属するダッコチュッチュ科は、毒草や薬草を扱うのだ。植物を素早く成長させたり、あとは配合なんかもだ」

「じゃあ、サラマさんの植物を育てる力でドアを破壊できませんか？　ほら、ものすごく巨大に成長させてドアを突き破るとか」

「突き破る？」

「子供の頃に『ジャックと豆の木』っていう話を読んだことがあるんです。豆の木が、家を持ち上げるくらい大きくなって天に届くんですよ」

「それはいい考えだ。壺の中に何かいい種が入っているかもしれない。取ってくるから、匡はここで待っていろ」

サラマはそう言い残し、壺の中へと頭からダイヴした。尻が引っかかってじたばたしていたため、ぎゅっと押し込んでやる。

しばらくすると、今度は先ほどと同じように呻《うめ》き声が聞こえてきて、中から丸いものが勢いよく飛び出し、煙を上げて弾けてサラマの姿になった。コツが掴めてきたのか、先ほどよりも激しくぶつからなかったが、それでも尻をどこかに打ちつけたらしい。また涙目になっている。

「いたたたたたた……」

「大丈夫ですか？」

「ああ。それより見ろ。いい種があったぞ。蔓《つる》植物でもともと成長が早いのだ。薬草になるものだが、これを大きくしたらドアを突き破ることができるかもしれないのだ」

サラマはそう言って種を部屋の中央に置いてから、目を閉じて呪文を唱え始める。

ゴクリ。

上手くいくことを願いながらじっと見ていると、種はぶるぶると震え、小さな芽が出てきてみるみるうちに大きくなった。そしてそれは波のように向かってきて、躰が壁に強く押しつけられる。

「――うぐ……っ！」

すごい勢いで成長する植物は、あっという間に部屋をいっぱいにした。それでも止まらず、どんどん成長を続けて二人の躰は圧迫されていく。ドアのほうを見たが、突き破るほどの強度はないらしく、行き場を失った蔓は部屋の中を満たしていった。

「う……、く、苦しいです。サラマさん」

「こ、これは……失敗だな。戻すのだ」

サラマが再び呪文を唱えると、植物はシュルシュルとしぼんでいき、種に戻る。危うくつぶれるところだった。

「ふ〜っ、死ぬかと思ったぞ」

「すみません。いい考えだと思ったんですけど」

「匡が謝るな。壁は石だし、ドアも頑丈そうだから仕方がないのだ」

別の方法を考えるしかないようだ。だが、簡単にアイデアなんて浮かばない。そうしている間に人の話し声が聞こえてきて、ドアの前で止まる。

「匡。誰か来た」

「はい。そうみたいですね」

鍵を開ける音がして蝶番《ちょうつがい》の部分がギィ、と小さく軋《きし》んだ。そして、ドアがゆっくりと開く。

姿を現したのは、匡たちを拉致《らち》した男の一人で日本語を話していた人物だ。

匡はサラマを護るように自分の後ろに隠した。

「出ろ。移動する」

「どこに行くんですか？」

「いいから、来い」

男の後ろには、仲間がいた。民族衣装に身を包み、マシンガンを肩からかけている。あんなもので撃たれたら、ひとたまりもない。

抵抗しても無駄だとわかり、黙って従うことにする。

「サラマさん、行きましょう。壺は俺が持ってあげます」

「……匡」

匡は壺を抱えるとサラマと手を繋ぎ、男について部屋を出た。構えてはいないが、後ろに銃を持った男たちがいると、それだけで手に汗が滲む。

匡たちは遺跡のような通路を十メートルほど進み、階段を上っていった。次第に眩しい光が差し込んできて、目を細める。そして、外が見えた瞬間、匡は言葉を失った。

（え……）

目の前に広がっているのは、砂漠だ。

灼熱の太陽が降り注ぐ、乾いた大地。一面の砂。目を開けているのも辛いくらい、眩しい光。時折風が吹いて、砂埃《すなぼこり》が巻き上がる。地平線が見える広大な砂漠には、草一本生えていなかった。

日本から遠く離れた場所に連れてこられたことを、目の当たりにさせられる。

もし、この男たちの目を盗んで逃げ出せたとしても、どこへ行けばいいかわからない。おそらく、砂漠の中で倒れることになるだろう。そうなれば、脱水症状を起こして死んでしまう。つまり、銃などで脅されていなくても、逃げられないということだ。

その時、再び激しい頭痛に襲われた。あまりの痛みに、その場に座り込んでしまう。

「匡っ、どうしたのだ！」

サラマが心配そうに顔を覗き込んでくるが、答える余裕はない。

（なんだ、これ……）

ゆっくりと顔を上げて目の前の風景を見ると、頭痛はより酷くなった。これと似た風景を知っている気がする。断片的に脳裏に蘇るのは、砂漠の中の城と、太陽を背に立っている男の影。そして、大量の水。

砂漠に水なんて、なんの関係があるのだろうと思うが、まったくわからない。

「何をしている。歩け」

「乱暴にするな。こんなに苦しんでるのに、病気かもしれないのだぞ」

「うるさい。時間がないんだ。ほら、これを羽織れ」

強い日差しを遮るために、白い布のようなものを手渡されて頭から被った。

（なんだ、この感覚……）

砂漠に来るなんて初めてのことなのに、強すぎる日差しを遮るために布を被る自分の行動にも、デジャヴのようなものを感じた。

「大丈夫か、匡」

「――痛ぅ……っ」

「うん、大丈夫だから、そんな顔しないで」

痛みを堪えてなんとか笑顔を見せ、立ち上がって歩き出す。二人は、そのまま建物の外に連れ出された。待っていたのは、数台のジープだ。

布を被っていても、日本とまったく違う太陽の強い日差しを肌に感じる。何もかもが初めてだというのに、懐かしさに似た感覚は消えない。

「乗れ」

せっつかれ、仕方なくジープに乗る。サラマが隣に座ると、匡は離れないよう肩をしっかりと抱いた。


ジープは、一時間ほど走ってある街に辿り着いた。

頭痛は随分と治まってきて、周りの状況を冷静に見ることができるくらいには回復しているが、頭は霞《かすみ》がかかったようにぼんやりしている。

街の中心へと続いている道は有刺鉄線でバリケードがしてあり、ジープやトラックにたくさんの兵士が乗っていた。全員が銃を携帯しており、街に出入りする者をすべてチェックしていて物々しい雰囲気が漂っている。匡の乗ったジープの運転手は、兵士といくつか会話を交わし、身分証のようなものを提示した。入ることを許されると、車はゆっくりと進んで街の中へと入っていく。

（そんな……）

街には戦闘の痕跡が多く残されており、建物は壊され、爆撃の跡も見られた。建物の壁やその残骸《ざんがい》に、ところどころ血の痕のようなしみがあるのもわかる。

ここは戦場だ。

信じられない光景に圧倒され、匡は言葉一つ発することができず運ばれた。ジープはさらに進み、ある大きな建物の前で停まる。学校のような病院のような、殺風景な建物だ。建物の周りは塀で囲われていて、迷彩服の兵士たちが、銃を肩からかけて護っている。

厳重な警備をしなければならないほど重要な施設には見えないが、特別な場所だからこそそう見えないようにしているとも言える。

「降りろ」

命令されて建物の中へと入ると、エントランスを入ってすぐ正面に階段があり、それは踊り場から左右に伸びていて二階へと繋がっていた。踊り場の壁には、大きな肖像画が飾られてある。軍服に身を包んだ中東系の男だ。

浅黒い肌と太い眉毛。二重の目は大きく、口髭を生やしている。

「あの顔……どこかで見たような……」

中東系の外国人の顔など、あまり見分けがつかない。どの男も似たような顔立ちに見える。けれども、あの肖像画の人物は特別だった。記憶を掘り起こし、ようやく思い出す。

「――あ！」

肖像画の男は、ニュースで何度も見た顔だった。

このところのガソリン価格高騰の大きな原因となっている、北アフリカに位置する社会主義国家の軍人でもあり、政治家でもある。約二十五年前に大統領として就任し、今日まで政権を維持してきたが、民主化運動が盛んになったことで失脚寸前に追いつめられていた。反政府軍を攻撃するために、民間人のいるところにも空爆を続けている独裁者だ。

サルマーン・ホスニー・ハマド大統領。

つまり、自分たちは今、世界が注目している紛争地帯のど真ん中にいる。もしかしたら、歴史的瞬間を目の当たりにするかもしれない。

肖像画を見たまま呆然としている匡を見て、ようやく気づいたかと男がタブレット端末を出してみせる。

「ランプのことは、国家機密として我が国に代々語り継がれてきた。もちろん、馬鹿馬鹿しいと誰も本気にしていなかったが、まさか本当に実在するとはな。捜してよかったよ」

「あ……」

「キファーフ様だ！」

それは、動画サイトに上げられていたキファーフの映像だった。封印が解けて間もない頃に、キファーフがあの格好で街に出て、偶然見た誰かがネットに動画を上げたのだ。トリックだのやらせだの書かれていて、その後テレビなどで大きく取り上げられることもなかったため、忘れていた。

「映像を分析したが、CGではないとわかった。すぐに日本に飛んで、証拠集めに走った。そうしたら、こんなものまで見つかった。しかも持ち込んだのは、一般人だ」

さらに映し出されたのは、食費のために質屋で売ったキファーフの腕輪などの宝飾品の写真だった。質屋に持ち込まれた貴金属はいったん溶かされて売却されるはずだが、芸術的価値があると判断されたのだろう。

そして、この男たちの手に渡った。

「ランプの精の主は、ハマド大統領へと移った。大統領は、再び政権を取り戻す。我々の政権は未来永劫《えいごう》続くのだ。そのために、お前にはお前の役割を果たしてもらう。——歩け」

「う……く」

突き飛ばされるようにして再び歩かされ、階段を上って二階の部屋に向かった。マシンガンを抱えた兵士が護るドアを開けると、中は外観からは想像できない豪華な造りになっている。ドアのすぐ前から赤い絨毯が伸びており、一番奥には玉座らしい場所があった。

そこに座っているのは、肖像画の人物――ハマド大統領に他ならない。しかも、首からさげているのは、ずっと捜していた王子の形見の品だ。

実物を見るのは初めてで、しかもこの距離だと細かな装飾までよく見えないが、間違いない。あれは、紛れもなく王子が大事にしていた首飾りだ。断言できる。

ということはつまり、あの男が王と后を殺し、王子とキファーフを追いつめて国を滅ぼした大臣の末裔だというのか。

「こっちに来い」

匡たちは、左手の壁際に連れていかれた。そこには椅子や机が置いてあり、パソコンなどの機器も揃えてある。サラマとともに椅子に座らされると、ハマド大統領がゆっくりと匡たちに近づいてきた。目の前に立たれ、顎を掴まれて上を向かされる。

匡について何か話しているようだが、言葉がまったくわからない。

手が離れた瞬間、王子の形見が目の前で輝き、一瞬、何かの映像が脳裏をよぎった。

「――っ！」

途端に激しい頭痛に襲われて、顔をしかめる。ようやく治まってきたというのに、ハンマーで叩かれるような痛みがぶり返してきた。

(なんだ、これ……)

激しい頭痛に見舞われながらも、匡は強く思った。

やはり、王子の形見の品を以前どこかで見たことがある。物には記憶があると聞いたことがあるが、断片的によぎる映像は、首飾りがこれまで見てきたものに違いない。それが、自分を襲う頭痛に関係している。

「だ、大丈夫か、匡」

サラマが声をかけてくるが、すぐに答える余裕はなかった。何か大事なことを忘れている気がする。真相に近づいている気がするのに、それが何かわからない。

「これを見ろ。リアルタイムの映像だ。音声も聞ける」

「あ、キファーフ様！」

サラマの声に頭痛を堪えながらパソコンの画面を見ると、砂漠の中に立つキファーフが映っていた。無人機で撮影しているのだろう。映像は空を旋回しながら、その姿を捕らえている。

『匡っ、サラマッ、どこだ！』

キファーフは二人を捜して叫んでいたが、自分が監視されていることに気づいたようだ。その視線はまるで顔の周りを飛ぶハエでも見るように、カメラを追っている。キファーフがゆっくりと手をかざした途端、映像はサンドストームになった。おそらく撃ち落としたのだろう。だが、しばらくすると再び映像は戻ってきた。

今度は少し遠くのほうからキファーフを捕らえており、段々近づいていく。そして先ほどと同じように再び旋回しながら監視を始めた。

ハマド大統領が何か口にすると、男は無線らしきものを使って仲間に連絡する。

「見ていろ。あのランプの精の力だ」

画面を見ていると、遠くからミサイルのようなものが飛んでくるのが見えた。すごい速さだ。だが、キファーフの目が鋭く光り、それは空中で爆発する。すごい爆風が砂嵐を巻き起こし、画面は砂で覆われた。

しばらくするとそれは収まってきて、キファーフの姿がぼんやりと浮かび上がった。

さらにまた同じような飛翔体がキファーフを攻撃するが、どれだけ撃ち込まれてもただの一発も当たることはない。

(すごい……)

キファーフには、どんな攻撃も効かなかった。

主は匡からハマド大統領に代わったと聞いたが、だからと言って完全に服従するわけではないようだ。思い返せば、匡に無理やり迫ったりと、ちっとも匡の言うことを聞かなかった。ランプの精はちゃんと意思を持っており、判断できる。利用しようとしても、ただの兵器でない以上、そう簡単には使えないだろう。

キファーフを思い通りにすることなど、できないのだ。

しかし、今度は遠くのほうからジープが走ってくるのが見えた。重火器が搭載されているが、ミサイル並の攻撃すら通用しないのだ。あんなものでどうするつもりなのだろうと思っていると、案の定再びキファーフが手をかざして攻撃の態勢に入る。

しかし、その表情は凍りつき、動きは止まった。そして、一斉に重火器での攻撃が始まる。

『——ぐぁぁああ……っ！』

「キファーフさん！」

なぜ、よけるなり防ぐなりしないのか。

キファーフは血だらけになり、地面に膝をついた。火傷も酷いようで、剝き出しになった肌はただれてあちこちが赤くなっている。兵士たちを睨む目にはまだ生気が宿っており、追いつめられた獣のようだが、このまま無抵抗を貫けば、どうなってしまうかわからない。

「匡。今、兵士の誰かが攻撃する直前に俺たちのことを言ったぞ。人質の命が惜しくないのかって。匡と俺の身柄はハマド大統領のところにあるって」

顔をしかめずにはいられない言葉だ。おそらく、匡たちの命と引き替えに自分たちの要求を吞ませるつもりなのだろう。匡が状況を把握したのがわかったのか、男が静かに言う。

「これでわかったか。お前たちに選択の余地はない。大統領の命令通りに動くように、お前から奴に命令しろ。そうすれば、命だけは助けてやる」

「そ、そんなことできません」

「だったら仕方がない。痛い目をみてもらうしかないな」

その言葉に、匡は背筋が凍る思いがした。

ハマド大統領のやり方は、何度かニュースで報道されている。

政権を維持するために、常に民衆の動きに目を光らせ、不可解な行動を取っている者がいればすぐに捕らえ、裁判もなしに強制収容所で過酷な労働を強いるのだ。側近ですら、その疑いがあるだけで処刑した。反政府軍だけでなく、女子供を爆撃に巻き込んで殺すことも厭《いと》わない人物だ。自分の目的のために、匡を拷問にかけることくらい平気でするだろう。

「すぐに助けを乞《こ》いたくなる」

男がパソコンを操作すると画面が切り替わり、これまで上空からキファーフを捕らえていた映像は真正面からのものに変わった。血だらけで跪いているキファーフを、武器を持った兵士たちが取り囲んでいる。

「話ができるぞ」

促され、匡は画面を覗き込んだ。

「キファーフさん」

『匡！　無事か？』

「は、はい。サラマさんも無事です。ほら、隣にいます。見えますか？」

二人の無事を確認して、安堵したようだ。だが、ハマド大統領が何か命令すると、男がゆっくりと匡の背後に回り込んでくる。キファーフのこわばった表情を見て、命令のおおかたの内容がわかった。

言うことを聞かなければ、人質を傷つけるだとか殺すだとか、そんなところだろう。

予想通り、匡は背後から首に腕を回されて顔を固定され、耳にナイフがあてがわれる。

「――痛ぅ……っ！」

刃の部分がスライドされ、血が溢れたのがわかった。

耳はまだついているようだが、どのくらい深く切られたかはわからない。ズクズクとした痛みと熱に包まれ、流れ出した血が顎の辺りまで滴り落ちている。いつもは気にならないメガネのフレームが傷口に当たっていて、痛み以上に嫌な感覚を覚えた。

『匡っ！』

「だ、大丈夫です。俺は……大丈夫です」

そう言いながらも、恐怖で声が震えているのが自分でもわかった。無言のまま、いとも簡単にこんなことができる男のやり方は機械的で、よりいっそうの恐怖を感じる。必要とあれば、眉一つ動かさず匡の耳をそぎ落とすだろう。

しかも、それ以上の拷問が待っているかもしれないのだ。

サラマも驚いて声を出せずにいる。

『匡。必ず俺が助けてやる』

男のナイフがさらに深く入った。

「――ぁあ……っ」

『やめろ！』

キファーフがハマド大統領に何か訴えると、首に回されていた男の腕がゆっくりと離れていった。要求を呑むと言ったようだ。

「駄目です。キファーフさん。この人たちの言うことなんか聞いたら、駄目です」

キファーフは、無限に撃てる弾道ミサイルのようなものと言っていいだろう。レーダーに探知されることなく移動でき、好きな場所から攻撃できる。迎撃システムにも感知されない、特殊な兵器と同じだ。その魔力は、使いようによっては世界をも滅ぼす。

なんとかして、思い留まらせなければならない。

だが、虚しくも通信は切られた。

「匡。この髭モジャ、政府軍に楯突く人間を殲滅しろと言っていた。反政府軍もアメリカ軍も、明日の明け方に攻撃すると言っていたぞ」

やはり、キファーフを兵器として利用するつもりなのだ。国を背負うという同じ立場の人間でも、民のために懸命だった王子と独裁者であるハマド大統領とではまったく違う。

そう思うと、王子が大事にしていた品をこんな男が持っていることを耐え難く感じた。キファーフの言う通り、これでは王子は浮かばれない。

せめて首飾りを取り返してやりたくて、匡は隙《すき》をついてハマド大統領に摑みかかろうとした。男にあっさり阻止されるが、指先がわずかに王子の首飾りに触れる。

「――痛ぅ……っ」

「匡！」

頭が割れるような痛みに襲われた。断片的な映像が見えたが、これまで見たのと同じもので、それが何を意味するかなんてまったくわからない。

「二度と大統領に触れるな。今度同じことをしたら、目をつぶす」

本気だとわかる言い方だった。

激しい頭痛を堪えながら、男とハマド大統領を交互に見上げる。二人の表情から、日本で平和に生きてきた自分には到底理解できない人間なのだとわかった。生きてきた世界が、まるで違う。

自分が何をすればいいのかわからず、匡は途方に暮れるだけだった。


大変なことになってしまった。

サラマと二人別室に閉じ込められた匡は、直面している現実に焦るばかりだった。

日頃からぼんやりしている性格とはいえ、今自分が置かれている状況がとんでもないことくらいわかる。

このままでは、キファーフの破壊の力が利用されてしまう。

酷い頭痛に耐えながら、それでもなんとかこの局面を乗り切ることはできないかと、必死で考えていた。

「匡。さっきより顔色が悪いぞ。頭が痛いのか？　それとも耳か？」

「大丈夫です。耳はサラマさんの薬草が効いてますから、ほとんど痛みませんよ。すみません、心配かけて。それより、なんとかしないと」

もう時間がない。夜明けとともにキファーフは反政府軍とそれを支援しているアメリカ軍を攻撃するだろう。あっという間に殲滅できる。それに成功すれば、今度は勢力を拡大しようとするかもしれない。

あの力があれば、世界を支配することすら夢ではないのだ。

歴史的に見ても、独裁者がどんなことをするのか想像はつく。絶対的な力を持った者は、いくらでも残酷になれる。自分に逆らう者たちを次々と処刑し、宗教の違いや人種の違いなどで、邪魔な者を抹殺していく。

また、政権を維持するためにはなんでもするだろう。

あれらの悲惨な歴史を繰り返してはならない。そんなことのために、キファーフの力を使ってはならない。

「俺のせいだ……」

サラマを人質に取られていたとはいえ、あっさりとキファーフとの契約を解消してしまい、悪人にランプを譲り渡してしまった責任を感じる。

「どうしたのだ。匡。お前のせいなどではないぞ」

サラマが慰めてくれるが、素直にその言葉を受け入れることはできなかった。キファーフの力が使いようによっては危険なものだということをもう少し認識していれば、結果は違ったかもしれない。

けれども、挽回《ばんかい》はできる。

「あの……サラマさん」

「なんだ」

「お願いがあるんですけど」

匡の頭の中には、ある一つの方法が浮かんでいた。最善の策とは言えないかもしれないが、今匡が思いつく中では一番のいい考えだと思う。それを実行するのは怖いが、しなければならない。

「サラマさんは、薬だけじゃなく毒も作れるんですよね?」

「そうだ」

「毒を作ってくれませんか?」

サラマは硬直した。匡が何を考えているのか、察しているのかもしれない。けれどもそれを認めたくないのだろう。

それ以上は聞きたくないとばかりに、何度も首を振る。

「ど、どうしてなのだ。どうして、毒を作れなんて……」

「人質を取った人が一番困るのは、人質が死ぬことです。切り札がなくなってしまう」

「ふ、ふざけている場合ではないのだ! そんなことを言っている暇があったら、何かいい考えを……」

ふざけてなんかいない。本気だ。命を粗末にするつもりもない。

だが、このまま自分が人質として囚われていたら、キファーフはそのうち力を利用されてしまう。それが実行されれば、この独裁政権は再び力を取り戻す。

「夜が明けたら、もう一度キファーフさんとネットで繋がると思うんです。その時に、サラマさんの作った毒を服用します」

「キファーフ様の前で、毒を飲むのか? どうしてそんな……」

「目の前でやらなきゃ意味がないんです。事前に俺が死んだとわかれば、あの人たちは俺をまだ生きていることにして、キファーフさんを利用すると思うんです。だから、キファーフさんが見ているところで、この計画を実行します。サラマさんは、俺が毒を飲んで大統領たちが混乱しているうちに逃げてください。サラマさんだけなら、きっとなんとかなります」

「匡……っ」

サラマの目から、涙が溢れた。口は『へ』の字になり、今にも嗚咽《おえつ》を漏らしながら泣きじゃくりそうだ。

「どうして……そんなことをしなきゃならないのだ。お前はぼんやりしてるし、鈍臭いし、地味でキファーフ様とは全然釣り合わないけど、死ななきゃならないような奴じゃないぞ。それくらい、俺にもわかるぞ。他にいい方法があるはずだ」

堪え切れずに、とうとう泣き出す。そんなサラマを見て、匡は困った。泣かせるつもりはなかったが、可哀相なことを言ったと思う。

匡を殺すために毒を作らせるのだ。

一番嫌な役割を押しつけていることもわかっている。サラマにとって、これはきっととても辛い仕事だ。この先ずっと、忘れられずに心の傷となって残るかもしれない。

それでも、頼むしかなかった。

「でも、他にいい考えが浮かばないんです。時間もないし、このままじゃあ反政府軍とアメリカ軍はキファーフさんに殲滅されます。やっと民主化運動が進んで、独裁的な政治をしていた政権が倒れようとしてるんです。今ならまだ間に合います」

「嫌だ。匡、嫌だ。俺は匡を殺すなんて嫌だ」

「殺すんじゃなくて、たくさんの人を救うんですよ。ハマド大統領が再び大きな権力を握ったら、民主化運動をしていた反政府軍の人たちは、捕まって見せしめに拷問されます。今ですら、政府に楯突く人たちは裁判もなしに強制労働をさせたりしてるんです。そんな酷い政権は、今のうちに倒さないと……、——痛ぅ……っ」

また激しい頭痛が襲ってきて、匡はこめかみに手を当てた。断片的な映像がフラッシュバックする。頭が割れそうな痛みに、自分は毒で死ななくても別の病気で命を落とすのではないかと思った。頭痛の感覚は次第に狭く、そして痛みも酷くなってきている。

どちらにしろ死んでしまうというのなら、人を救える道を選んだほうがいい。

「匡、どうしたのだ？　ずっとおかしいぞ。具合が悪いんだろう？」

「大丈夫、です。それより、俺のために毒を……」

わかってくれと願いながら、必死で説得した。言葉を尽くして、今ここで思い切った判断をしなければ、とんでもないことになると説明する。

はじめは頑なに首を横に振るだけだったが、ようやく受け入れてくれる気になったようだ。

「匡……。俺は匡が好きだぞ。鈍臭いし、地味だし、でも、優しくてご飯も作ってくれる匡が好きだぞ」

「俺もサラマさんが大好きです。立派なランプの精になってくださいね。キファーフさんにも、大統領の言いなりになっちゃ駄目だって伝えてください。これは俺の遺言です」

「わ、わかった」

「じゃあ、指切りしましょう。指切り知ってますか？」

「うん、知ってる」

匡は小指を立てて、サラマの顔の前に差し出した。するとサラマも自分の小指を立ててから、匡の指にそれを搦《から》める。

「指切りげんまん嘘ついたら針千本飲ーます！」

涙と鼻水で顔をぐしゃぐしゃにしているサラマと一緒に言い、さっそく植物から毒を生成する作業に取りかかってもらった。

軽く二時間はかかっただろうか。何種類かの植物を種から育てて、毒の成分を抽出し、その濃度を上げていく。拘束されていても狙ったタイミングで服毒できるよう、口の中に仕込めるような作りにしてもらった。

直径三ミリほどの大きさでクルミのような見た目をしており、振るとカラカラと音がする。

「硬い殻で覆ったから、これを口に入れておけばいい。必要になったら奥歯で嚙み砕けば、毒の成分が出てくる」

「毒はどのくらいで効くんですか？」

「すぐだ。それより、頭が痛いのは治ったのか？」

「はい。また少し痛みは引きました」

「そうか。よかったのだ」

サラマはそう言うと、匡の膝に顔を埋《うず》めてぎゅっと抱きついてくる。辛い作業をやり遂げてくれたことに礼を言い、抱き締め返した。そうしていると不思議と落ち着いてきて、自分でも驚くほど冷静に朝を迎える心の準備ができる。

夜が明けてくると、再び部屋のドアが開いた。すぐさま作ってもらった毒の粒を口に放り込んで舌と顎の間に隠す。

「おとなしくしていたか」

そろそろ作戦を決行するつもりなのだろう。部屋の中に、拷問の道具らしきものが運ばれてきた。キファーフが言うことを聞かないと匡を拷問し、その映像を見せる気らしい。

けれども、死を覚悟した匡にそんなものは通用しない。

「匡」

心配そうな顔をするサラマに『大丈夫だ』と頷いてみせ、約束をちゃんと守るよう視線で訴えた。匡の気持ちは伝わったらしく、胎《はら》をくくったような顔をする。大人の顔だ。

準備が整うと、再びパソコンの前に座らされる。

「画面を見ろ」

キファーフのいる場所と繋がった。内戦の跡があちこちに残る街の中に、軍の人間とともにいる。昨日受けた傷はかなり回復しているようだが、躰には凝固した血がこびりついていて、痛々しい。

『匡！』

「キファーフさん」

『あれから乱暴はされてないか？　耳のケガは大丈夫か？』

「はい。サラマさんの薬草のおかげで傷口は塞がったみたいです。キファーフさんこそ、酷いケガです」

大統領が何か言うと、匡の近くにいた男が拷問の道具を手にした。別の兵士たちに椅子に縛られ、肘かけに腕を固定される。さらに、匡の指に拷問の道具らしき鉄製の輪が装着された。ねじを締めていくと鉄が喰い込み、最後には指を切り落とす仕組みのようだ。似たもので、腕用らしき輪も用意されている。

指の次は、手首から先を落とすらしい。

医療器具のようなものもあり、簡単には死なせてくれないことも想像できた。

「キファーフさん、その人たちの言うことなんて、聞かないでください」

『何を言ってやがる。お前たちを見捨てたりしない』

「駄目です。絶対に、この人たちの言うことだけは聞かないでください」

道具を装着された匡は、そう訴えた。そして、口の中に入れておいた毒の粒を奥歯で噛み締める。

「――ぐ……っ！」

途端に、口の中にものすごい苦みが広がり、胃の中が焼けるように熱くなった。手足も痺《しび》れ、意識が朦朧となる。そして、激しい頭痛。

『匡！　おい、どうした匡！』

何が起きたのだと画面を覗き込むキファーフの顔が、霞《かす》む視界の中に見えた。状況を説明したいが、言葉を発することができない。それを見たサラマが、画面に向かって訴える。

「キファーフ様、こいつらの言うことを聞いてはいけないのです。匡が遺言だと言ってたのです！」

『遺言だと？』

「人質が死んだら、悪者たちの計画は終わりなのです。だから、俺の魔法で毒を作れと言われたのです。ごめんなさい……っ」

泣きながら訴えるサラマに、状況を把握したようだ。ハマド大統領も匡が毒を飲んだとわかったらしく、早く処置しろと命令している。

医療器具の横で待機していた男たちに拘束具を外され、両側から腕を掴まれて下を向かされる。口の中に突っ込まれたチューブのようなものから水が入ってくるが、おそらく間に合わないだろう。

サラマの作った毒は、もう躰を回り始めている。

『毒を吐かせろ！　そいつを死なせたら、お前たちも処刑だ！』

兵士たちに命令するハマド大統領の声が、はっきりと耳に飛び込んできた。

（今……、……何……？）

意識を失いかけながらも、匡は信じ難い思いに見舞われていた。

なぜ、言葉がわかるのか。なぜ、知らない言語を理解できるのか――。

口調や様子でどんな会話か想像しているのではなく、その内容をちゃんと把握している。

『貴様らぁぁあああぁーーーーーーーっ！』

その時、キファーフが怒号を轟《とどろ》かせた。あまりの音量にスピーカーの音が割れて、その雄叫びは雑音混じりに聞こえてくる。

苦痛は遠ざかっていき、自分が死に向かっているのを感じた。瞼を閉じる寸前に画面を見ると、怒り狂ったキファーフが兵士たちの攻撃をものともせず反撃しているのが見える。匡たちのいる場所に連れていけと、脅しているのがわかった。

（キファーフさ……）

嘆き、怒り狂うキファーフの姿は、まさに破壊の神だ。

『死んだのか？』

髪の毛を掴まれ、跪いたまま上を向かされた。もうほとんど目は見えないが、生死を確認されているのがわかる。ぐったりとした匡を見て、助からないと判断したようだ。

『もう使えないか。だが人質はまだいる。もう一人はどこだ？』

サラマを捕まえようとしていることに気づいて、薄れていく意識の中でハマド大統領に手を伸ばした。

（駄目……）

指先に触れたのは、王子の形見の首飾りだ。反射的に掴む。

その時、閃光《せんこう》が走った。

「ぁ……、ぐ……っ！」

躰をすごい衝撃が走り、匡の目の前に現実とは違う風景が広がり始めた。記憶の底にあったものが、一気に蘇る。まさに溢れるというにふさわしい勢いでこれまで断片的にしか見えなかった映像が、はっきり匡の中で形になっていく。

懐かしい風景。懐かしい匂い。懐かしい痛み。懐かしい人。

あれは、千年前の出来事だ。


「こっちだ、王子」

キファーフに手を取られ、ナウィーム王子は城の奥へと向かっていた。後ろから追いかけてくるのは、武装した兵士だ。手に盾や矛のようなものを持っている。近代的な武器は、何一つ持っていないが、力を封じられたキファーフは血だらけになっていた。

魔力さえ使えればあの程度の兵士など怖い存在ではないが、今は違う。長い時間をかけて練られた計画が、二人を追いつめようとしている。

「あ……っ」

躓き、大事に抱えていたランプが転がった。キファーフに手を引かれるが、それを振りほどいてランプを拾い、再び走り出す。

「早くしろ。もうすぐだ、ナウィーム。急げ」

迫り来る追っ手から逃れようと、二人は地下の階段を下りていった。長い通路があり、それを突き進むと王たちが作った秘密の部屋がある。敵が来た時に隠れるための部屋だ。

行き止まりになると、キファーフは肩で息をしながらうずくまる。

「大丈夫ですか、キファーフ」

「こんな時に……俺は、……役立たずだ」

「いいえ、魔法を封じられても……わたしを護ってくれました」

キファーフが血だらけになっているのは、王子を護るために盾になったからだ。王子に向かって放たれた矢を、全身で受け止めた。矢の先端には毒が塗ってあり、少しでも王子の躰を掠めていたら、神経毒にやられていただろう。

完全には効いていないが、魔力を封じられているため、まったくの無傷というわけにはいかない。

「待っててください。今扉を開けます」

王子は壁を手で撫でていき、隠し部屋の扉を開ける仕掛けを探した。それを見つけると、全身を使って両手で壁の一部をグッと押す。すると、石の床が横にスライドして穴が開き、小さな隠し部屋が姿を現した。

「早く。こちらへ」

王子はキファーフを先に部屋に入るよう促し、すぐに自分も降り立った。中からは鍵がかけられるようになっていて、もう一つの仕掛けを動かして扉を閉める。

ひとまず安堵するが、この部屋に逃げ込むのは最終手段でもあった。もし、ここが見つかれば逃げ場はない。中から鍵をかければ外からは開けられないとは言え、閉じ籠もったままでいるわけにもいかないのだ。一時的に避難する場所なだけで、後で兵士が助けに来ることを前提としている。

しかし今、王子の味方をする者はほとんどが殺され、キファーフだけとなっていた。

「気づかれなければいいのですが……」

しばらく息を殺していたが、たくさんの人の足音が聞こえてきた。音のするほうを見上げると、隠し部屋の天井の上で止まる。

『王子。そのにいるのはわかっているのですよ』

天井から聞こえてきたのは、このクーデターの首謀者である大臣の声だ。

『こんな所に逃げ込んで、時間稼ぎですか？　ですがもう、あなたの味方は死にかけたそのランプの精だけです。あなたには死んでもらいます。この国は我のもの。王も王妃も死んだ。王子、あなたのような人には国を統治することはできません』

「大臣、なぜこんなことを……」

『権力を手にすると、もっと大きな権力が欲しくなるものですよ』

王子には、そんな気持ちはわからなかった。なぜ、皆が幸せな国を目指すだけではいけないのだろうかと思う。

『あなたは、もう死ぬしかないのです王子。せめて貴重な水の中で溺れさせて差し上げましょう。あなたがわずかながらでもこの国を治めた証《あかし》に』

笑い声が聞こえてきたかと思うと、天井の扉の隙間から水が入り込んできた。それはみるみるうちに部屋を満たしていく。

『あなたが死んだら、キファーフは我々が使って差し上げます。こちらには五十人もの魔術師がいる。キファーフを思い通りに動かすことも、夢ではない』

「てめぇの……命令など、聞くわけねぇだろうが」

キファーフはそう呟き、とうとう力尽きた。死んだのではなく、ただ気を失っているだけだが、矢尻に塗られた毒によりかなりのダメージを受けている。

そうしている間にも水は次々と流れ込んできて、部屋は水没していった。

くるぶしから膝、腰の辺りまで水嵩《みずかさ》が増していくと、死を覚悟する。

好きになった相手が、自分のために深く傷ついているのに何もできないことが悔しかった。護られるばかりの自分が情けない。こんな自分だから民衆を護ることもできず、私利私欲にまみれた大臣たちに追いつめられるのだ。

王子の怒りは、大臣にではなく不甲斐なさという形で自分へと向けられた。そして、せめて目の前で傷ついているキファーフだけでも助けたいと強く願う。

「キファーフ。わたしに力がないばかりに……。せめて、お前だけでも助かってくれ」

匡はそう言い、水に沈んだキファーフのランプに手を伸ばした。

「あなたを封印します。ランプの中なら助かるはずです。あなただけでも、生き延びてください」

王子はそう言うと、ランプの腹をゆっくりと擦った。すると、キファーフは足元から煙のようになり、その中へと吸い込まれていく。完全にその躰がランプの中に収まると、首からかけているペンダントの裏に描いてある文字を見て、今度は呪文を唱え始めた。

ランプの精の主になった者にだけ、許される呪文だ。正式にランプを受け継いだ者だけが、教えられる。首飾りの幾何学模様は、封じ方の手順を示したものだ。

呪文を唱え終えた王子は、ゆっくりと呼吸をし、いとおしげにランプを胸に抱える。

「わたしはここで命を落とすでしょう。ですが、もし生まれ変わることができたら、あなたに会いに行きます。その時は、必ず愛していると伝えますから……わたしたちがかつて同じ時を生きていたことを思い出しますから、待っていてください」

水は既に肩の位置に達していた。あと五分と持たないだろう。

ずぶ濡れになりながら、王子は死を受け入れ、穏やかな気持ちでその瞬間を待つ。

キファーフ、あなたを愛しています。

あなたを、心から愛しています。

幾度となく繰り返される愛する者への想い。

強い気持ちを胸に抱いたまま、ナウィームは——匡は、水の中に沈んだ。


思い出した。

匡は、薄れる意識の中で、はっきりとそう思った。

夢ではない。あれは、実際にあった出来事だ。そして、キファーフとともに城の奥に逃げ込んだのは、自分だ。

王子は、自分なのだ。

物語では、王子は焼き殺されたことになっていたが、事実は違った。本当は焼かれたのではなく、水に沈められた。出口のない部屋に閉じ込められ、部屋を水でいっぱいにされて窒息死した。

匡が溺れる夢をよく見るようになっていたのも、きっと昔の記憶によるものだろう。キファーフと互いの気持ちを確かめ合ったことが、記憶を蘇らせるきっかけになったのかもしれない。ようやく、それがわかった。

けれども、もう遅い。すべて思い出したというのに、毒が全身に回ってしまった。世界を救うためにやったことだ。

(ごめんなさい……)

キファーフを封じたのは大臣たちではなく自分だと、助けるために、もう一度会うために封じたのだと伝えたかった。そして、もう一度会いたいという強い気持ちが、再び二人を巡り合わせたのだと。生まれ変わって会いに来たのだと、伝えたかった。

それができないことが悲しくて、涙が溢れる。

せっかく会いに来たのに、生まれ変わったことすら伝えられず、今度こそ永遠の別れを迎えることになるかもしれない。そう思うと、胸が張り裂けそうだった。

せめて、愛していると伝えたい。せめて、きちんと自分の想いを伝えたい――そう強く願った時だった。

「おい、起きろ！　匡！　起きろ！」

サラマの声がして、頰を何度も叩かれる感覚に匡の意識は浮上した。サラマの声はどんどんはっきり聞こえるようになり、覚醒《かくせい》する。

「匡！　起きるのだ！」

「――っ！　……はぁ……っ、……はぁ……、……あ」

目を開けると、血相を変えたサラマが匡の頰をぺんぺんと叩いていた。いつの間にか床に寝かされていて、部屋の中に兵士はいなくなっている。拷問の道具は床に放り出されたまま、匡もガラクタのような扱いだ。

「何をしているのだ！　いつまでも死んでいる場合じゃないぞ！」

「えっと……、……あ、あれ？」

毒で死んだはずなのに、どうして目を覚ましたのだろう。あの世でもなさそうで、匡は自分の置かれている状況がすぐには把握できなかった。

「ほら、何ぼんやりしているのだ。涎《よだれ》を拭くのだ」

「あ、すみません」

手の甲で口許を拭い、何があったのかと周りを見渡した。さらに、自分の両手をじっと見てから全身を眺める。足もついているようで、さっぱりわからない。

「あれ？　死んでない？」

「俺の毒は中途半端だったみたいだ。仮死状態にはなったらしい。おかげで匡は死んだと思われ……、……う……っく」

いきなり言葉をつまらせ、目に涙をいっぱいためて怒り出す。

「何ぼんやりしてるのだ！　運がよかったということだ！　わかったか、昼行灯の匡！」

「サラマさん」

「よかった。死ななくてよかった。匡みたいな鈍臭いあんぽんたんの言うことを聞いて、毒なんか作った俺が馬鹿だった」

前にも増して散々な言われようだが、それは匡の生還を喜んでいる証だった。サラマの表情から喜んでいることが感じられる。

「あの……今、どうなっているんですか？」

起き上がると、ドォォオオン……、と爆音が遠くから聞こえてきた。地響きもし、天井からパラパラと砂の粒が落ちてくる。

「そうだった、匡。匡が死んだと思ったキファーフ様が我を忘れて破壊に走ってる。早く止めないと、これ以上暴走すると理性が利かなくなって、本当に破壊の神みたいになってしまう。止めに行くぞ」

「破壊の神？」

「そうだ。早く止めに行こう」

　建物は壊れかけていて、サラマの壺を持ってドアの隙間から外に出た。キファーフを捜すが、どこにも姿がない。ジープを見つけ、それに飛び乗る。

「キファーフさんを捜しましょう」

　布を頭から被ってエンジンをかけ、匡は車を発進させる。逃げ惑う兵士たちの姿が遠くに見え、匡はアクセルを踏み込んだ。こんなにアクティブに動いたのは、生まれて初めてかもしれない。

　この先一生昼行灯でもボケ老人でもいいから、今だけはフル回転してくれと自分に言い聞かせてキファーフのもとに向かった。そして、ようやくその姿を肉眼で確認する。

「あそこだ！」

　キファーフは上空に浮いていた。その躰からは、赤いオーラのようなものが滲み出ている。よくわからないが、車のエンジンがオーバーヒートを起こしたような感じだ。

　あのままでは、キファーフも消滅してしまう。それはただの憶測ではなく、確信だった。

「キファーフさん、俺です！　キファーフさん！」

　上空でまた爆撃が起こった。匡の声が届くはずもなく、見ていることしかできない。

「ど、どうしましょう。絨毯は……」

「俺は出せないぞ」

「じゃあ、昨日の蔓植物は？　俺一人くらいだったら、上空に運べませんか？」

「やってみる。自由自在というわけにはいかないが、匡がしっかり摑まっていれば、キファーフ様に届くかもしれない」

サラマはそう言って壺に向かってダイヴした。案の定尻が引っかかったため、ギュッと押し込んで中に入れてやる。ほどなくして出てくる気配がし、匡は飛んでいかないように被っていた布で口を覆った。そして、勢いよく飛び出してきたサラマをキャッチする。

「ナイスキャッチだぞ、匡。ほら、種があった」

サラマは種を地面に置いた。

「いいか、行くぞ」

「はい！」

サラマが呪文を唱えると種が発芽し、急激に大きくなる。慌てて蔓にしがみつき、上空へと向かった。

「うぁぁあああぁあああぁぁぁあああ～～～～～～～～っ！」

右に左にうねるような動きで伸びていく蔓は、まるでジェットコースターだ。振り落とされそうになりながらも必死で摑まり、キファーフに近づいた瞬間を狙う。

「キファーフさん!」

叫ぶが、やはり届かなかった。怒りで我を忘れている。

「匡っ、匡っ、——ぅおおおおおおおーーーーーーっ!」

赤いオーラのようなものは、ずっと濃くなっていた。目も怒りで赤く燃えている。このままでは、燃え尽きてしまいそうだ。己の怒りに焼かれてしまう。

灼熱の太陽よりも強い炎だ。

——よくも、よくも俺の大事なものを奪ってくれたな。

——よくも、俺の愛するものを奪ってくれたな。

——貴様らすべて破壊してやる。すべて、壊してやる。殲滅してやる。

——匡の仇《かたき》を取ってやる。

それは、キファーフの心の声だった。怒りがダイレクトに心に響いてくる。あまりに激しくて、悲しい怒りだ。かつてナウィームを失ったからこそ、その痛みはより大きいものとなってキファーフを苦しめる。

「キファーフさん、俺です! キファーフさん!」

すでに理性を失っているキファーフを冷静にさせるには、どうしたらいいのか。どうしたら、止められるのか。

ただ見ていることしかできないことが情けなく、匡は自分を叱咤《しった》した。

またあの時と同じことを繰り返すのかと。千年前と同じように、大事な者たちを失うのをただ手をこまねいて見ているだけなのかと。

そんなことは、させない。

「キファーフ！」

匡は、咄嗟にそう叫んだ。呼び捨てにしたのは、初めてだ。だが、呼び慣れているような感覚もある。

「キファーフ、わたしです！　キファーフ、攻撃をやめるのです！　これは命令です！」

「匡……？」

キファーフの動きが一瞬止まった。振り返って匡のほうを見上げている。今がチャンスだと、もう一度呼びかける。

「キファーフ、攻撃をやめてください」

「匡……？」

赤いオーラのようなものはまだ濃いが、放出されるパワーが少しずつ小さくなっているのがわかった。怒りで満ちていたその瞳《ひとみ》にも、匡の言葉を聞くだけの冷静さが戻ってくる。

（聞こえた……？）

真っすぐに自分を見るキファーフを見てなんとか止められたのだと喜び、目に涙を浮かべて笑った。けれども、油断した瞬間に蔓が大きく右に旋回して手が離れる。

「――わ……っ！　ぅわぁぁあああぁぁぁああああ～～～～っ」

匡は、真っ逆さまに落ちていった。信じられない速さで地面が近づいてくるのが見える。

その時、キファーフがすごい勢いで飛んできて匡を捕まえた。外れたメガネだけが落ちていき、見えなくなる。

「大丈夫か、匡。生きてたのか！」

「はは……」

危うく落ちるところだったと、キファーフにしがみついて下を覗き込んだ。もし、あのまま落ちていたらどうなっただろうと思うと恐ろしくて、躰が硬直して動かない。

「死んだと思ってたぞ」

「ど、毒があまり効かなかったみたいで……」

「お前さっき……、俺を呼び捨てにしたな」

「はい」

「どうしてだ？」

聞いてはいるが、キファーフは既にその答えに気づいているようだった。ただ、確信してはいないようで、匡を見つめている。

「俺、王子の形見の品をどこかで見たことがあるって、ずっと思ってたんです。どこでなのか、全然思い出せなくて……。それに、キファーフさんに告白してから、溺れる夢をよく見るようになってました。ずっと寝不足だったのは、そのせいです」

「匡……」

「物語では王子は火に焼かれて死んだことになってましたが、本当は水の中に沈められたんですね」

「どうしてそれを……」

言いかけて、自分の考えが間違いないと悟ったのか。ゴクリと唾を呑んでこう言う。

「もしかしてお前、……ナウィームの生まれ変わりか？」

「……みたいです。死にかけたショックで、王子だった頃の記憶が蘇りました。実は、キファーフさんを封印したのも俺なんです」

さすがにそこまでは予想していなかったようで、キファーフは目をしばたたかせてから、こめかみをぴくりとさせた。

「なんだって？」

「あのままだと溺れ死ぬと思って、安全なランプの中に……」

「てめぇ、まさか自分は犠牲になって俺だけ助けたのか！」

怒り出すキファーフに肩をすぼめた。怒るのも当然だ。もし自分が逆の立場でも、なぜそんなことをしたのだと言うだろう。

「す、すみません。でも……一方的にですけど、死ぬ寸前に約束しました。もし、生まれ変わることができたら、キファーフさんに会いに行きますって。その時は、必ず自分の気持ちを伝えるって、王子だったことも思い出すから、待っていてくださいって」

「お前……」

「だから……あの……その……、……好きです、えっと……お待たせしました」

千年ぶりの再会の決め台詞としてはたどたどしいが、匡は気持ちを籠めてそう言った。

匡らしい告白が逆によかったのか、キファーフは信じられないとばかりに笑い、いとおしむように頬に触れてくる。

「お前が王子だったのか。王子が、お前だったなんてな……」

「キファーフさん」

「どうりでそそると思ったんだよ。鈍臭い昼行灯のくせしていいケツしてやがるしな。そういや最初に突っ込んだ時も、いい具合だった。お前の小ぶりの尻は、あつらえものみてぇに俺に吸いついてきやがったもんな。千年前から、俺を欲してやがったからだったんだな」

相変わらず耳を塞ぎたくなるようなあからさまな言葉だが、キファーフが完全にもとのキファーフに戻ったことの証でもあり、もう二度と暴走なんてさせないと誓う。

「なんだ、せっかく再会したってのに、何ぼーっとしてんだ？　俺はそんなにイイ男か？」

「――うん……っ」

唇を奪われ、目を閉じる。

熱い口づけだった。その存在を確かめるように、唇を放しては見つめ、そしてまた深く口づける。匡もキファーフが理性を取り戻して自分のことをちゃんと認識していることが嬉しくてならなかった。

だが、今は再会をゆっくり喜んでいられない。

「ひゃ～～っ、早くなんとかしてください」

声のほうを見ると、サラマが蔓をよじ登っているのが見えた。その下のほうには政府軍の兵士が集まり、サラマを捕まえようと植物の根元に火炎放射器を向けている。さらに、匡たちも攻撃の標的になっており、爆撃機が遠くから飛んでくるのが見えた。

「どうしたらいい？　命令していいぞ」

「できれば、みんな生け捕りに」

「わかった。生け捕りだな」

キファーフはニヤリと笑うと、絨毯を出して匡をそこに降ろし、手をかざした。すると、レーザー光線のようなものが放出される。

ドォォン……ッ、とすごい音とともに、爆撃機の尾翼辺りから炎が上がった。操縦不能になったらしく、パイロットがパラシュートで脱出するのが見える。

また、地上からランチャーのようなものが匡たちに向かって撃ち込まれたが、それは途中でピタリと止まった。そのまま空中に浮いていたが、キファーフが指先をクィッとやると、まるで見えない大きな手で握りつぶされたようにぐしゃっとつぶれて爆発する。

破片が飛んでくるが、見えないバリアのようなもので匡たちは護られているのか、当たることはなかった。

「まだまだいるな」

キファーフはそう言って地上に向かって手をかざし、さらに攻撃を続けた。

ゴキブリを退治した時と同じだ。ピンポイントで重火器や戦車など、人を傷つけずに武器だけを破壊していった。まるでゲームの達人がプレイしている画面を見ているようだ。一寸の狂いもない。武器を失った兵士たちは何かを叫びながら、蜘蛛《くも》の子を散らすようにちりぢりになって逃げていった。

しばらくすると爆音は消え、辺りは静かになる。

政府軍の戦力がほぼゼロになるまでに、五分もかからなかったかもしれない。

「こんなもんでどうだ?」

「は、はい。これなら……いいと思います」

「キファーフ様、すごいです！　さすがキファーフ様なのです！」

「あとはあのクソ大統領だな」

キファーフの視線の先には、空港らしき施設があった。機体に国旗がペイントしてある政府専用機が、離陸しようとしている。おそらく、ハマド大統領が乗っているのだろう。

キファーフは、専用機のある滑走路に向かって攻撃した。するとアスファルトが大きくめくれ、穴が開いて走行不能になる。動き出していた専用機は立ち往生し、中から人が降りてくるのが確認できた。

「あ、いました。あれ、ハマド大統領ですよね」

「間違いねぇようだな」

必死で逃げ出そうとするが、キファーフが逃げ道をすべて破壊し、瓦礫《がれき》に阻まれて大統領たちは身動きがとれなくなる。

「行くぞ、匡。サラマ、お前も来い」

「はい、お供します！」

絨毯で移動すると、匡たちは空港へ降り立った。ハマド大統領は一人でスーツケースと機関銃を抱えてなんとか逃げ道はないかと探している。瓦礫によじ登り、ここからは無理だと悟ると別の場所を探す。

『観念しろ。てめぇの時代はもう終わりだ』

キファーフが声をかけると一瞬動きを止めたが、振り返りざま匡たちに向けて機関銃を撃ち込んだ。しかしどんなに撃っても、当たるはずがない。銃弾はすべて手前で止まり、パラパラと地面に落ちる。

『ひ……っ、た、助けてくれ』

ハマド大統領は機関銃を捨て、後退りしながら命乞いを始めた。これだけの弾を撃ち込んでおいて助けてくれはないだろうと思うが、この男には既に世界を危険に晒す力も軍を統率する力もない。

『助けてくれだと？　あんなことをしておいてよく言う。百回殺しても、てめぇの罪は消えねぇぞ。だけど俺たちは優しいからな、ランプを匡にただで譲れば命だけは助けてやってもいい』

『譲る！　ランプは譲る！　ほら、持っていっていいぞ』

大統領はそう言い、スーツケースの中からランプを取り出して匡に差し出した。これで契約成立だ。キファーフの主は、再び匡となった。

だが、もう一つ欲しいものがある。

「できればそれも欲しいんですけど」

首飾りを見て手を出すと日本語が理解できずにポカンとしていたが、すぐに何を要求しているのかわかったようで、震える手で首飾りを外して匡に渡す。

それを手にした途端、千年前の記憶がすべて流れ込んできて匡と溶け合った。これまでは激しい頭痛に見舞われたりしたが、今はゆっくりと融合する。

ようやくこの手に戻ってきた。

首飾りを指で優しく撫でながら、匡はキファーフを封印する方法が描かれてあるそれをじっと見つめた。二度と封印する必要がないことを願い、大事に首からかける。

「後始末したら退散するか。アメリカ軍の無人偵察機がこっちに向かってる」

匡はそれを見つけることができなかったが、キファーフにはわかるようだ。空を見上げながら様子を窺っている。絨毯の上で待つよう言われ、キファーフはサラマとともにいったん姿を消した。

上空で待つこと五分。再び二人が戻ってくると、匡は日本へと向かった。


マンションに戻ってきて、二時間ほどが過ぎていた。

ほんの少し前まで北アフリカの紛争地帯にいたというのが嘘のように、平和な日常が拡がっている。住宅街は静かで、どこからともなく家族団欒《だんらん》の様子が聞こえてくるだけだ。いつもと変わらない平日の夜は、静かに更けていく。

そんな中、匡は携帯を手にひたすら頭を下げて謝っていた。

「すみません。えっと……本当にすみません」

全身砂だらけの躰をシャワーでザッときれいにし、三人で回る寿司《すし》を食べに行って帰ってきた匡は、実家からの電話にようやく会社を無断欠勤していたことを思い出したのだ。連絡が取れなくて騒ぎになっていたようだ。明日の朝には、捜索願を出すところだったらしい。

緊張の連続から解放されて気が緩んでいたのか、部屋に戻ってくるまで失念していた。

夜になってしまったが、早く連絡したほうがいいと思って所長に電話をかけたのだが、今かけてよかったと思う。

「はい。今後は気をつけます。それでは、失礼します」

最後にそう言い、お辞儀をしてから電話を切った。こっぴどく叱られたものの、日頃真面目に働いているため信用はそれなりにあったようだ。二度としないと約束をさせられて説教は終わった。

「電話終わったのか?」

「はい」

「こってり絞られたみてぇだな。ったく、いちいちうるせぇ上司だな。俺が退治してやってもいいぞ」

「だ、駄目ですよ。悪いのは俺なんですから」

「冗談だよ。すぐ真面目に受け取りやがる」

簡単に騙された匡を笑いながら見るキファーフの目に、心臓が小さく跳ねた。布団の上に寝そべり、頬杖をつく。

「しかし、お前が王子の生まれ変わりだったなんてなぁ」

じっと顔を見られ、匡は急に恥ずかしくなってきた。部屋の電気が消え、ろうそくの炎が灯る。間接照明だけにしたのはなぜだろうかと思いながら、さりげなく視線を逸らす。

「俺も信じられないです」

不思議な感覚だった。自分は日本に生まれた生粋の日本人の猪瀬匡なのに、同時にナウィーム王子の記憶もあるのだ。王子の人生の記憶が、自分の記憶と同じように存在していた。しかも、不思議とそれを自然なものと受け入れているのだ。

「でも、現実なんですよね」

「ああ。俺の封印があっさり解けたのも、匡がナウィームの生まれ変わりだからだったんだな。それに、インチキ占い師にランプを売りつけられた時のことを覚えてるか？　あん時もランプが匡を選んでた」

そう言われ、占い師とのやりとりを思い出す。

はじめは、何かの弾みでテーブルに置いてあったランプが座っている匡の膝の上に転がってきた。購入を断った時も、無意識に摑んで持ち帰ろうとした。いったん返して逃げようとしても、占い師が躓いた弾みで再びランプが転がってきた。

「あれは、わざとだったんですか？」

「いや。俺の意思じゃねぇが、お前に引き寄せられたんだよ」

「そうだったんですか。子供の頃から水が苦手なのも、王子の死因と深く関係しているんでしょうね」

改めて考えると、思い当たることはいろいろある。初めて想いを確かめ合って抱き合った後の幸福感も、千年もの時を超えて遂げた想いだったからこそだ。

やはり、どう考えても王子の生まれ変わりだということは、間違いないらしい。

その時、ベッドから「くぴー、ぷるるるるる……」と寝息が聞こえてきて、匡は目をやった。布団から起き上がってベッドを覗くと、サラマはぐっすりと眠ってしまっている。

キファーフによると、脱皮した後は安静にしていなければならないというのだ。そんな時に慣れない魔法を使い、体力を消耗した。しばらくは起きてこられないとのことだ。

危険が迫っていたとはいえ、可哀相なことをしたと反省する。

「今度、サラマさんの脱皮のお祝いに何か美味しいものを食べに行きましょうね」

「匡、お前はお袋さんみてぇだな。俺たちランプの精には親父《おやじ》やお袋みたいなもんはいねぇからな」

「どこから生まれるんです?」

「さぁな。それは俺もわかんねぇな。自然発生的なもんだと思うぞ」

本当に不思議な存在だと、キファーフをじっと見つめた。

人と同じ形をしているのに、人ではない。

今日はまだスウェットに着替えていないため、首や腕に光る宝飾品が逞しいキファーフの躰をより美しく見せている。

「なぁ、匡」

「はい？」

キファーフの手が伸びてきて、頬に触れられた。危険を感じて思わず身を引いてしまうが、それがよかったようで、キファーフの目に牡の色が宿った。狩りをしようとする、野性の獣の目だ。

「あの……」

「駄目か？」

「だって……サラマさんが」

「だから、そういうのがそそるって言ってんだろうが。声殺しながら俺の下でひんひん言う匡を喰うのがいいんだよ」

悪ふざけがすぎると抗議したいが、その言葉に煽られているのも否定できなかった。

にじり寄ってくるキファーフを凝視しながら、サラマが起きてこないよう息を殺す。

「大丈夫だよ。あいつはぐっすり寝込んでんだ。俺たちがどれだけ激しく愛し合おうが、起きてきやしねぇよ」

「でも……」

「起きてきたらその時だ。社会勉強させてやればいい」

「ぁ……っ」

耳許で囁かれた瞬間、スイッチが入った。こんなに簡単にその気になれるものかと驚くが、キファーフだからこそだとも言える。それほど、好きになってしまった。

「見られるのも、いいぞ」

「そ、そんなの……駄目、です……」

「じゃあ、今日は二人きりで愉しむか」

声を出すまいとするほどに、甘い喘ぎが漏れる。我慢しすぎて目許が熱くなり、涙が溢れた。

「このケツだよ。このケツがいったん俺にしゃぶりつくと、信じられねぇほどきゅんきゅん締めつけやがる。なぁ、匡。また、俺をここで喰ってくれ」

なんて破廉恥なことを言うのだろうと信じ難い思いでいっぱいになるが、あからさまな言葉で煽られていると心は蕩けてしまい、このまま流されてしまいたくなる。

その言葉以上にとてつもなくいやらしいことをして欲しいと望んでしまうのだ。自分の中には、いったいどれほどの欲深い淫魔が棲《す》み着いているのだろうと思う。

「ここで、また俺を咥え込んでくれよ」

尻の下に手をもぐり込ませて少し浮かされると、グッと摑まれ、匡は喉の奥で小さく呻いた。さらに、硬くなった股間を押しつけられる。パジャマのズボンを下着ごとずらして尻を剝き出しにされて、割れ目に屹立をあてがわれた。

挿入するためではなく、戯《たわむ》れるためだ。

「俺の太さは、ちゃんと覚えてるか？」

割れ目に沿って、ゆっくりと動かされる。己の持つ武器を披露してみせるように、キファーフは双丘を両手で掴み、尻の割れ目に自分を挟ませて腰を前後にゆっくりと動かした。女性の胸でするのとは違いキファーフを完全に包み込めないが、擦り合わせるだけでも十分なのか、その目は愉《たの》しげだった。

「ぁ……っ」

「匡、愛してるぞ。千年前も、今も。それに、お前が王子の生まれ変わりでなくても、愛してるからな」

「キファーフさん」

「わかったか、この昼行灯」

「ぁ……っ！」

喉笛に歯を立てられ、匡は全身を甘い痺れで包まれるのを感じた。まるで電流を流されたように、全身の毛が逆立ち、鳥肌が立つ。

さらに、なぞるように鎖骨の辺りに舌を這わされ、歯を立てられて声をあげた。

「あ！」

顔を背けるが、そんなことをしてもこの快楽からは逃れられない。野性的な魅力に溢れるランプの精は、愛撫の手を休めることなく自分のテリトリーに引きずり込んで、ゆっくりと捕食しようとしている。

「んぁあ、……ぁあ。……や……、……はぁ……っ、ぁ……っく」

胸の突起に吸いつかれて弄《もてあそ》ばれると、匡はあまりの快感に何度も身を捩った。だが、そうすればするほど、舌は意地悪な愛撫で匡を狂わせる。

突起は硬く尖り、赤く充血して匡がいかに感じているのかを吐露していた。転がされ、つつかれ、唇で挟んで引っ張られ、どうしようもない快感に身悶える。

そうしている間も、尻に挟まされた屹立で刺激することは忘れず、匡は二重の責め苦に苛《さいな》まれることになった。

「んぁあ、……ぁあ……、駄目、です……、駄目……っ」

キファーフの首飾りが肌に触れ、敏感な乳輪を刺激されるたびに躰がビクビクと小さく跳ねた。その反応は、匡の状態をキファーフに伝えていることだろう。

言葉通りのことなど、何一つない。嫌だ駄目だと口にしておきながら、その実、キファーフが施す以上の悪戯を望んでいるのだ。千年もの間、ずっと忘れていた記憶も、匡をより燃え上がらせる要因の一つだった。

ずっと、こうしたかった。

千年前も、本当はこうして欲しかった。

そんな想いに見舞われ、ようやく触れ合うことを許された今、求めすぎるほどに求めてしまう。

キファーフが欲しかった。身も心も欲しい。そして、自分のこともすべて捧《ささ》げたい。

声を押し殺すことすらできなくなってくると、優しく口を塞がれる。

「んっ」

くぐもった自分の声は、愛撫だけでなくその存在ごと乞うような響きに満ちていると感じた。

「ぅん、……んっ、……駄目、です……、そこ……、そこは……もう……」

「そこって、ここか?」

「んんっ!」

サラマのほうを見るが、起きてくる気配はなかった。それでも、起きてこないと保証されているわけではない。繋がった瞬間、目を覚まして二人が何をしているのか、ベッドの上から覗き込んでくることだってある。

「駄目……」

優しく匡を押さえ込む獣にそう訴えてみるが、無駄だった。自分の中の獣も、抑え切れない。

「お前の生っ白い肌はそそる。赤くなってんのが、すぐにわかるぞ」

「んんー……、ぅんっ。……んっ、んっ、んっ！」

さらに強くついばまれ、匡の目から涙が溢れ出た。あまりの快感に頭がぼんやりしてきて、我を失う。

もういっぱいいっぱいだ。これ以上注がれると、溢れてしまう。自分を見失い、心のままに求めてしまいそうだ。

「そろそろ欲しくなってきたんじゃねぇか？」

言うなり、キファーフは魔法でジェルを出してみせた。とろりとした液体が、瓶の中に入っている。

「今度は、前に使ったのよりもう少し大人なやつだ」

キファーフは、悪い男の顔をしていた。匡のような若造など、言葉巧みに言いくるめて悪さしてやろうという、大人の悪い男だ。そして、その表情に匡もそそられている。

どんなことでもして欲しかった。したいことを、すべてして欲しい。

「あの……」

「じっとしてろ」

「あ！」

ジェルを塗った指は、いまだに貞淑な硬さを失わない匡の蕾に触れ、優しくマッサージするようにくすぐり、そしてじわりと侵入してきた。

「ぁあ……っ、あ、……んぁ……、……だ、……だめ、です……、……駄目」

匡の反応をじっと眺めながら、指で蕾を拓いていく。そんなふうに愉しげに見ないでくれと心の中で願うが、同時にその視線に晒されていることが、いっそう匡を燃え上がらせているのも事実だった。こんなにもはしたない自分を見ないでくれと訴えながら、同時にもっと見てと乞う浅ましい自分がいる。

どちらが本音なのかわからない。

「んぁ、んんっ、んー……っ、んぁ……っ」

じゅぷ、と濡れた音がして、匡はその音に目をきつく閉じた。

なんてはしたない音。

なんてはしたない躰。

柔らかくほぐれた証を音として延々と聞かされているうちに、己の罪深い躰が恨めしくなった。だが、キファーフにとってそれは歓迎するべきことらしく、さらに調子づいたように、指を巧みに動かして匡を狂わせていく。

「あ、はっ、あ、……っく」

「後ろだけで達ける躰にしてやろうか？」

「キファーフさ……、駄目……動かさ、な……で……くださ……、動かさないで……」

いやいやと首を横に振ってみるが、匡が懇願すればするほど指は大胆になっていった。一度に何本も挿れられては減らされ、また増やされる。どの指がどう動いているのかわからないほど、巧みな動きに翻弄されるしかなかった。

「もっと動かしての間違いじゃねぇのか？」

耳許で揶揄され、自分でも自覚していなかった本音を見抜かれていると気づく。

そうだ。本当は、もっとかき回して、ぐちゃぐちゃにして欲しい。指をもっといっぱい挿れて欲しい。恥ずかしい躰だと言われるほど、自分を暴いて欲しい。

「ほら、こっちはもう白状してるぞ」

ジェルがさらに足され、濡れた音はよりいっそう聞こえてくる。

「気持ちいいか？」

激しい目眩の中で聞かれ、匡は理性が自分の手から完全に離れていくのを感じた。一度手放すと、快楽を味わい尽くすまで二度と手にできないだろう。

「どうだ？　気持ちいいか？」

「……ち、……いい……、……気……ち、……い……、……ぁあ」

「聞こえねぇぞ」

「いい、……っ、……んぁ、……いい……、……いい」

「どこが、気持ちいいんだ？」

「そこ……」

「どこだ？」

「そこ……。……そこ……っ、……そこ、そこ……っ」

「ここか？」

「……そこ、そこ……っ」

匡がはしたなく欲しがるのを、キファーフが愉しげに見ているのがわかる。涙で揺れる視界の中で、男臭い色香を滴らせながら、匡を見下ろしている。

「指よりもっと太いのがあるぞ？」

指がゆっくりと出ていったかと思うと、今度は屹立をあてがわれた。息を呑んだのは、期待してしまったからだ。

あの雄々しくそそり勃ったものが自分を引き裂く瞬間を、心待ちにしている。

「あ！」

腰を進められると、匡はキファーフの首に腕を回してしがみついた。じっくりと自分を押し広げていくものをどう受け入れればいいのか、いまだによくわからない。

「や……、……や……、……やぁ……っ」

「相変わらず、……狭いな」

さらにグッと奥に挿れられ、そしてすぐに最奥まで深々と収められる。

「――ぁぁあああ……っ！」

掠れた声をあげながらキファーフをすべて呑み込み、匡は震えながら甘い吐息を漏らした。

繋がった部分がドクンドクンと大きく脈打っている。

まるで拍動だ。

「……すご……、い……」

自分をいっぱいにする熱い猛りに、匡は思わずそう呟いていた。キファーフと繋がっている幸せに、目尻から涙が溢れた。

すごい。

すごく、熱い。

「匡。お前ん中は、最高だ」

キファーフが、ゆっくりと動き始めた。

「いいもの出してやろうか」

言うなり、天井近くに水のようなものが現れ、それは匡たちを覆うように広がる。鏡面になったそこには、自分たちの姿が映っていた。脚を大きく広げ、キファーフを受け入れているはしたない姿だ。

「見ながらってのも、興奮するだろうが」

「あ……」

「見てろ。俺がお前を抱くところを、見ていろよ」

恥ずかしいが、匡は鏡から目を離せないでいた。

褐色の肌をしたキファーフの後ろ姿は美しく、そして卑猥だった。腰の動き一つで匡を啼《な》かせることができるいけない腰つき。

肌の色のコントラストにより、二人が交わっている姿がより鮮明に見える。

逆三角形の背中は野性美に溢れ、腰を回しながら、匡という獲物を味わい尽くそうとしていた。

「んぁあ、あ、あ」

「いいぞ。感じてやがるのが、ちゃんと、わかる」

腰使いがリズミカルになってくると、キファーフの息があがってくる。耳許で聞かされる獣じみた吐息は、より野性的なものに変わっていき、匡を絶頂へと向かわせていた。

「ぁあ、あ、……やぁ、……ぁあっ！」

「いいぞ、匡。お前ん中は、最高だ」

「キファーフさ……、——んっ、ん、んんっ！」

唇を奪われ、突き上げられる。あまりの激しさに躰が壊れるのではないかと思うが、壊されても構わなかった。

もう限界だ。たまったマグマを放出したい。でないと、熱さで焼け死んでしまう。

「あ、あ、あ、あ、もう、もう……っ」

「もう少し我慢しろ」

「や、駄目、もう……」

「我慢だ」

命令され、必死で堪えた。泣き出しそうなくらい、追いつめられている。

リズミカルな動きと息遣いに連れていかれそうになりながら、必死で訴える。

「早く、……早く……っ、……んぁ、あっ、……早く、……来て、……くださ……」

懇願すると、キファーフの腰つきはより激しくなり、フィニッシュを迎えようとしているのがわかった。

「もう、いいぞ」

再び口を塞がれ、お許しを貰う。

「んぅ、んっ、んんー……っ！」

「──っく！」

腹の中でキファーフが激しく震え、奥で爆《は》ぜたのがわかった。同時に、匡もたまった熱の塊を放出する。

達った後も躰はいつまでも痙攣していた。

お互い口も利けないほどの強い余韻を味わいながら、少しずつ熱を冷ましていく。

汗だくになったキファーフがゆっくりと体重を載せてきて、頭を撫でてくれる。

「よかっただろうが」

よかったどころではない。本当に死ぬかと思った。こんな快楽は味わったことがない。

「お前みたいな、ぼんやりしたのが……俺をここまで夢中に、させるなんてな」

二人とも汗だくで、けれども浅ましく求め合った後の幸福感に包まれている。いつまでも治まらない心臓の音に、満たされていた。

「愛してるぞ、匡」

「お、俺も……です」

前髪をかき上げられ、視線を合わせる。今放ったばかりの獣は満足げで、魅力的だった。

軽く唇を重ねられ、それに堪える。キスは瞼や鼻先、こめかみにも落とされた。

繰り返されるバードキスは、ようやく収まりかけた欲望に再び火をつける。

「もう一発いっとくか?」

今度は、どんなことをされるのだろう——そんな思いが脳裏をよぎるのと同時に、軽く揶揄される。

「何想像したんだ？　この、むっつりエロ行灯」

「ぁ……っ」

首筋に顔を埋められ、匡はキファーフの頭を抱いた。再び卑猥な腰が自分を責めるのを、天井に浮かんだ水の鏡に映った姿で確認する。

こんないやらしいことをしているのだ、自分たちは……。

そんな思いに囚われ、煽られながら、匡は再び戻ってきた理性をゆっくりと手放すのだった。

『次のニュースです』

女性キャスターがニュース原稿を読んでいるテレビの前で、三人は夕飯を食べていた。

今日は弁当屋で買ってきた弁当に加え、匡が作ったほうれん草のおひたしとひじきの煮物とみそ汁がついている。みそ汁の具は、キャベツと大ネギとニンジンとこんにゃく、そして冷凍庫の奥で眠っていた豚の細切れ肉が少々だ。

たっぷりの野菜と豚から出たダシが、みそ汁を深い味わいにしている。

「匡、おかわりちょうだい」

「はい」

「おみそ汁って美味しいな。特に今日のは旨いぞ」

「今日のはみそ汁というより豚汁に近いです。キファーフさんはおかわりどうです?」

「俺も頼む」

匡は食欲旺盛《おうせい》な二人のためにみそ汁をよそって、空になった鍋《なべ》をシンクに置いて水を入れてから部屋に戻った。

まるで母親にでもなった気分だ。食べ盛りのランプの精が二人。だが、こういうのも悪くない。

「お。あのクソ大統領だぞ」

キファーフの言葉にテレビを見ると、キャスターの後ろのモニターにハマド大統領の写真が映っていた。世界を駆け巡ったニュースは、今も世界中の関心を集めている。

『ハマド大統領の身柄は拘束され、暫定政権が発足しました。国連安全保障理事会は、暫定政権が提示した民主化計画を承認し、支援することを決定したと発表』

テレビ画面では、民主化運動に参加していた反政府軍や民主化を望んでいた民間人が祝杯を上げている姿が映っている。ハマド大統領の銅像は壊され、子供も大人も大騒ぎしていた。これまでの圧政から解放された人々の目には、希望が満ちている。

だが、大変なのはこれからだ。独裁者がいなくなればすぐに平和が訪れるとは限らないのが、難しいところだ。新しい国をどう築くかが民主化運動の大きな課題となる。

国がどうなるかは、その国の民により決まる。試されるのと同じと言えるだろう。

「は～」

「どうしたのだ。またぼんやりして」

「なんていうか……今さらながらによく上手くいったなって……。なんだか本当にあった出来事なのか、よくわからないというか」

世界を巡る大きなニュースに自分たちが関《かか》わっているなんて、いまだに信じられなかった。しかも、その事実を誰にも知られずにいることも、不思議でならない。

「ま、上手くいきすぎって感じもするけどな」

キファーフの手により政府軍が所持していた武器がすべて破壊されたが、その姿は衛星には映っておらず、政府軍の一部が同じ政府軍を攻撃したと伝えられていた。

その理由はいまだ謎とされ、反政府軍の中での権力争いが原因だともされている。その一方で、兵士の恐怖心を取り除くために使用された麻薬によるものだという説も流れているのだ。

そういった噂《うわさ》の原因が、サラマの魔法にあった。

日本に帰ってくる直前、後始末をすると言って少し待たされたが、実はあの時は記憶を消すために、いくつか植物の種を落としていったのだ。魔法で芽吹いたそれは花をつけ、記憶を消す作用のある花粉をまき散らした。完全ではなかったが、ハマド大統領を始め政府軍のキファーフたちに関する記憶を混乱させ、曖昧《あいまい》にした。

おかげで、何が起きたのかの調査は難航している。

歴史に残るミステリーとして、このところネット上でもさまざまな憶測が飛び交っていた。

「お前が救ったんだぞ」

「へ……」

みそ汁をしみじみと味わっている匡は、なんのことだかわからず、椀《わん》を持ったままキファーフをじっと見つめた。

「お前が世界を救ったんだよ」

「俺は大したことはしてないです。政府軍を制圧したのは、キファーフさんだし」

「だからお前は昼行灯なんだよ。俺はお前が拷問されてるところを見たら、あいつらの言いなりになった。そうならねぇように、自ら命を絶とうとしただろうが。普通、そんなことはできねぇぞ」

そうだろうかと思うが、答えが見つかるはずもなくキファーフをぼんやりと眺める。そうしているうちに、つい鑑賞してしまうのだ。

(やっぱり、格好いいな……)

こんな男前が恋人だということのほうが、すごいことだと思う。しかも、魔法まで使えるスペシャルな男なのだ。

いつまでもぼんやりしているからか、いきなり鼻を指で弾かれた。

「痛っ」

「こんな昼行灯が世界を救ったなんて、誰も信じねぇだろうな。真相は永遠に闇の中ってわけだ。ま、そのほうが俺らも平和にやってけるってもんだがな」

キファーフの言う通りだ。

平和な日常があればいい。キファーフとサラマと、三人でずっと平和に暮らしていけたらいい。そう願わずにはいられない。

「あ、そうだ。味海苔と岩海苔ありますよ」

匡は棚の中から味海苔を出して、ちゃぶ台に置いた。サラマが喜んで手を伸ばす。

「味海苔って本当に美味しいですよね」

「匡。俺も海苔好きだぞ。匡は本当に美味しいものを知ってるな」

「冬になったら、鍋もありますよ。今まで一人暮らしでなかなかできなかったですけど、三人いるならみんなでしましょうね」

「鍋って美味しいのか？」

鍋のことを想像し、ぼんやりと呟いた。

「美味しいですよ。特にみんなで囲む鍋は最高です。俺は水炊きがいいかなぁ。あ、もつ鍋もいいですよね」

「鍋食べる！　今度俺、鍋食べる！　キファーフ様は何がいいですか？」

サラマが頬を上気させて聞くと、当然だとばかりに即答する。

「俺はきりたんぽ鍋だな」

目が合うと、キファーフは悪戯な目をしてみせた。何か企んでいるだろう目に身構えると、匡のほうににじり寄ってきて、耳許でこう囁く。

「今夜辺り、俺の巨大きりたんぽをお前の口に突っ込んでやろうか」

相変わらずの下ネタに、どう答えていいかわからない匡だった。

## あとがき

こんにちは、中原一也です。今回はわたくし初のアラブ物です。ええ、誰がなんと言おうとこれは砂漠物でアラブ物です。エロオヤジが出ようが生活感が溢れていようが昭和臭がぷんぷんしようが、アラブ物といったらアラブ物なんです。

実はこのプロットを立てている時というのは、立て続けにシリアス物を書いておりまして、その反動もあってかアホエロな話を書きたくなったのでございます。

なんとなくランプの精なんていいだろうなと思っていたら、ランプを擦ったらオヤジが出てくるってのもいいな、となりまして、さらに擦った部分が毎回股間でオヤジは勃起して出てくるなんて面白いわ、と湯水のようにアホなアイデアが出てきてこんな話になってしまいました。私の中では、ランプを擦った匡の目の前に勃起したキファーフが仁王立ちしているというシーンから始まった話なのです。

アホネタって浮かぶ時はどんどん出てくるもんです。いい歳した女が、いつもこんな妄想をしているなんて世の中どうかしていると思います。大丈夫か日本。明らかに平和すぎますね。ありがたいことですが。実はこれを書いている今も一つ個人的にとても気に入っているアホネタを抱えておりまして、いつか形にしようと目論んでおります。超アホエロ人外ＢＬでございます。乞うご期待！

それでは最後に、挿絵を描いてくださった立石涼先生。今回は原稿をお渡しするのが遅れてしまいまして、本当に申し訳ありませんでした。かなりギリギリまで待っていただいて、先生の他のお仕事に影響したのではないでしょうか？　厳しいスケジュールの中の作業だったと思うのですが、仕上がったイラストはそれはそれは美しくて、溜め息が出るばかりです。心から感謝してます。

それから担当様。いつもご指導ありがとうございます。原稿のほうが納得いかずギリギリまで改稿させていただいて申し訳ありませんでした。ですが、待っていただいたおかげで個人的に満足できるものに仕上がりました。本当にありがとうございます。

最後に読者様。初のアラブ物でしたが、楽しんでいただけましたでしょうか？　楽しんで、そして苦しんで書いた作品です。感想など聞かせていただけると幸いです。

中原　一也

本作品は書き下ろしです

中原一也先生、立石涼先生へのお便り、
本作品に関するご意見、ご感想などは
〒101-8405
東京都千代田区三崎町2-18-11
二見書房　シャレード文庫
「淫猥なランプ」係まで。

CHARADE BUNKO

# 淫《いん》猥《わい》なランプ

【著者】中原一也《なかはらかずや》

【発行所】株式会社二見書房
東京都千代田区三崎町2-18-11
電話　03(3515)2311[営業]
　　　03(3515)2314[編集]
振替　00170-4-2639
【印刷】株式会社堀内印刷所
【製本】ナショナル製本協同組合

落丁・乱丁本はお取り替えいたします。
定価は、カバーに表示してあります。


ISBN978-4-576-13086-6

http://charade.futami.co.jp/

CHARADE BUNKO

スタイリッシュ&スウィートな男たちの恋満載

## 中原一也の本

俺がずっと側にいてやるよ

### 愛だというには切なくて

イラスト＝奈良千春

坂下の診療所にある男がやってくる。不機嫌そうな態度を隠しもせず、周りはすべて敵といわんばかりのその男・小田切は、坂下や斑目も知らない双葉の過去に関係があるようで…。

なぁ、先生。俺はな、ずっと後悔してることがあるんだ

### 愛に終わりはないけれど

イラスト＝奈良千春

元凄腕の外科医にして、今は日雇いのリーダー格の斑目と恋人同士の坂下。生活は厳しいが、充実した日々を送っていた二人。だが、ある男の出現で斑目の癒えることのない傷が明らかになり…。